D0760985

Alabardas

José Saramago
Alabardas

Con textos de
Roberto Saviano
Fernando Gómez Aguilera

Ilustraciones de **Günter Grass**

ALFAGUARA

Penguin
Random House
Grupo Editorial

© 2014, Herederos de José Saramago, Lisboa
   Mediante acuerdo con Literarische Agentur Mertin Inh.
   Nicole Witt e. K., Frankfurt, Alemania.
© De la traducción de *Alabardas, alabardas,*
   espingardas, espingardas y de las notas de trabajo de José
   Saramago: 2014, Pilar del Río
© De «Un libro inconcluso, una voluntad
   consistente»: 2014, Fernando Gómez Aguilera
© De «Yo también conocía a Artur Paz Semedo»:
   2014, Roberto Saviano
© De la traducción de «Yo también conocía a Artur
   Paz Semedo»: 2014, Carlos Gumpert
© De esta edición: 2014, derechos de edición mundiales en
   lengua castellana:
   Santillana Ediciones Generales, S.A. de C.V., una empresa de
   Penguin Random House Grupo Editorial, S.A. de C.V.
   Av. Río Mixcoac 274, col. Acacias, C.P. 03240
   México, D.F.

   ISBN: 978-607-11-3535-3

   Primera edición: noviembre 2014

   Imágenes de cubierta y de interior:
© 2013 Steidl Verlag, Göttingen, Alemania
© 2013, Günter Grass

© Diseño de cubierta:
   Estudio Pep Carrió

Impreso en México / *Printed in Mexico*

fundação
José Saramago

Índice

Alabardas, alabardas, espingardas, espingardas

- 1 -

El hombre se llama artur paz semedo y trabaja desde hace casi veinte años en el servicio de facturación de armamento ligero y municiones de una histórica fábrica de armas conocida por la razón social de producciones belona s. a., que era el nombre, conviene aclararlo ya, pues son poquísimas las personas que se interesan por estos saberes inútiles, de la diosa romana de la guerra. Nada más apropiado, reconózcase. Otras fábricas, mastodónticos imperios industriales armamentísticos de peso mundial, se llamaron krupp o thyssen, pero esta producciones belona s. a. goza de un prestigio único, ese que otorga la antigüedad, baste decir que algunos peritos con opinión autorizada en la materia sostenían que ciertos pertrechos militares que encontramos en museos, escudos, corazas, yelmos, puntas de lanza y capacetes, tuvieron su origen en una modesta forja del trastevere que, según la voz popular de aquella época, la mismísima diosa había fundado en roma. No hace aún mucho tiempo, un artículo publicado en una revista de arqueología militar llegaba al punto de defender que algunos restos recién descubiertos de honda balear procedían de esa mítica forja, tesis inmediatamente rebatida por otras autoridades científicas que alegaron que, en tan remotos tiempos, la temible arma lanzadera a que se dio el nombre de honda balear o catapulta todavía no había sido inventada. A quien esto pueda interesarle, artur paz semedo no es ni soltero, ni casado, ni divorciado, ni viudo, está simplemente separado de su mujer, no porque él lo hubiese querido, sino por decisión de ella, que, por ser convencida militante pacifista, acabó no pudiendo soportar ni un día más sentirse ligada por los lazos de la obligada convivencia doméstica y el deber conyugal a un oficinista del departamento de facturación de una empresa productora de armas. Cuestión de coherencia, así de simple, explicó entonces. La misma coherencia que le hizo cambiarse de nombre, pues, habiendo sido bautizada como berta, nombre de pila de la abuela materna, pasó a llamarse oficialmente felícia para no tener que cargar toda la vida con la alusión directa al cañón ferroviario alemán que se hizo célebre en la primera guerra mundial por bombardear parís desde una distancia de ciento veinte kilómetros. Volviendo a artur paz semedo, hay que decir que el gran sueño de su vida profesional es ser nombrado responsable de facturación de una de las secciones de armas pesadas en vez de las menudencias de municiones para material ligero que han sido, hasta ahora, su casi exclusiva área de trabajo. Los efectos psicológicos de esta asumida y no satisfecha ambición se agudizan hasta

Cuestión de coherencia, así de simple, explicó entonces.

la ansiedad cuando la administración de la fábrica presenta nuevos modelos y lleva a los empleados a visitar el campo de pruebas, herencia de una época en que el alcance de las armas era mucho menor y que ahora es impracticable para cualquier ejercicio de tiro. Contemplar esas relucientes piezas de artillería de varios calibres, esos cañones antiaéreos, esas ametralladoras pesadas, esos morteros con la garganta abierta al cielo, esos torpedos, esas cargas de profundidad, esas lanzaderas de misiles conocidas como órgano de stalin, era el mayor placer que la vida podía ofrecerle. En el catálogo de la fábrica se notaba la ausencia de tanques, pero ya era público que se estaba preparando la entrada de producciones belona s. a. en el mercado apropiado con un modelo inspirado en el merkava del ejército de israel. No podían haber elegido mejor, que lo digan si no los palestinos. Tantas y tan fuertes emociones casi le hacían perder el conocimiento a nuestro hombre. A la vera del desmayo, por lo menos así lo sentía él, balbuceaba, Agua, por favor, denme agua, y el agua siempre aparecía, pues los colegas ya estaban prevenidos e inmediatamente le asistían. Aquello era más una cuestión de nervios que otra cosa, artur paz semedo nunca llegó a perder el conocimiento por completo. Como se está viendo, el sujeto en cuestión es un interesante ejemplo de las contradicciones entre el querer y el poder. Amante apasionado de las armas de fuego, jamás ha disparado un tiro, ni siquiera como cazador de fin de semana, y el ejército, ante sus evidentes carencias físicas, no lo quiso en sus filas. Si no trabajara en una fábrica de armas, lo más seguro es que siguiera viviendo, sin otras aspiraciones, con su pacífica felícia. No se crea, sin embargo, que se trata de un hombre infeliz, amargado, disgustado con la vida. Muy al contrario. El estreno de una película de guerra le provoca un alborozo casi infantil, es cierto que nunca plenamente satisfecho, ya que lo que ve siempre le parece poco, sean ráfagas de ametralladora, combates cuerpo a cuerpo, bombas de racimo, tanques disparando y arrasando todo lo que encuentran a su paso, y hasta algún que otro ejemplar fusilamiento de desertores. En verdad, ante la convulsa y tumultuosa pantalla, con el aparato de sonido marcando el máximo de los decibelios, artur paz semedo, por lo menos en espíritu y con perdón de la contradicción de términos, es la perfecta encarnación de la diosa belona. Cuando en la cartelera de los cines no hay películas bélicas, recurre a su variada colección de vídeos, organizada desde lo antiguo a lo reciente, siendo la joya del conjunto el gran desfile, de mil novecientos veinticinco, con john gilbert, el galán de bigotito al que el sonoro le arruinó la carrera pues su voz aguda, casi chirriante, a la manera de un mal tenor ligero de opereta, no era apropiada para un héroe de quien se espera que levante un batallón de las trincheras sólo con gritar Al ataque. La mayor parte de los filmes de la colección son norteamericanos, aunque haya también algunos franceses, japoneses y rusos, como es el caso, respectivamente, de la gran ilusión, de ran y de el acorazado potemkin. Pese a todo, la producción de hollywood es mayoritaria en la colección, de la que saltan a la vista, por ejemplo, títulos como apocalypse now, el día más largo, además de la delgada línea roja, los cañones de navarone, cartas desde iwo jima, la batalla de midway, destino tokio, patton, pearl harbor, la batalla de las ardenas, salvar al soldado ryan, la chaqueta metálica. Un auténtico curso de estado mayor.

Un día artur paz semedo leyó en el periódico que la cinemateca de la ciudad iba a exhibir la película espoir, sierra de teruel de andré malraux, una obra sobre la guerra civil española rodada en mil novecientos treinta y nueve. Sería una buena ocasión para informarse en detalle de lo que sucedió en el conflicto del país vecino, cuando el frente popular que gobernaba entonces fue vencido por una coalición fascista en la que participaron camisas pardas alemanes, camisas negras italianos, la caballería mora y los viriatos, como se conocía a los portugueses voluntarios o contratados dispuestos a disparar unos tiros. No había visto la película, ni siquiera sabía que se trataba de la adaptación de un libro del mismo título, también de andré malraux. Hombre de números y de facturas, de este artur paz semedo no se puede decir que alguna vez haya sido lector entusiasta, como mucho debemos considerarlo un lector relativamente aplicado, de esos que, de vez en cuando, por una u otra razón, o incluso sin ninguna razón especial, consideran que como ciudadanos tienen obligación de leer tal o cual libro y, lanzados al loable trabajo, podremos tener la seguridad de que, salvo motivo de fuerza mayor, no se saltarán ni una sola línea. Pese a que, como ya más o menos se habrá deducido de lo que viene siendo relatado, no abundasen las coincidencias entre su manera de ser y pensar y la historia que la película narraba, más bien al contrario, se emocionó hasta las lágrimas con las imágenes de la bajada de la sierra de teruel que se muestran, esos muertos y esos heridos transportados a hombros

Hombre de números y de facturas, de este artur paz semedo no se puede decir que alguna vez haya sido lector entusiasta.

por los compañeros, pasando entre las filas de vecinos con los puños cerrados que, desde las aldeas próximas, habían acudido al rescate. Por eso, con lógica o sin ella, decidió que era su obligación de aficionado a las películas de guerra y de empleado de producciones belona s. a. leer un libro que precisamente trataba de una guerra. Lo buscó en las librerías pero no lo encontró. Que era una obra ya antigua, sin demanda de público que justificara nuevos encargos, le dijeron, tal vez la descubra por ahí, en las librerías de viejo. Artur paz semedo siguió el consejo y por fin, en el tercer establecimiento, el hambre, como suele decirse, acabó en empacho, porque le fueron mostrados nada menos que dos ejemplares, uno en francés, otro traducido, ambos en estado de conservación y limpieza bastante razonable, Cuál de ellos se va a llevar, le preguntó el librero. Artur paz semedo conservaba algunas luces de la lengua de molière, herencia difusa de sus tiempos de instituto, pero tuvo miedo de que la escritura del autor estuviera por encima de sus capacidades de comprensión y optó por una solución salomónica, Me llevo los dos. Los libros no eran caros, pero, pese a ello, el librero le hizo una pequeña rebaja. En la venta de armas también era habitual que se hicieran descuentos, de esa materia lo sabía todo, existía una variedad tal de comisiones que, en algunos casos concretos, se ponía en riesgo el propio margen de lucro de la empresa. En fin, como no dice la sabiduría popular, pero podría decirlo, Si quieres tener cosecha un día, arremángate y siembra ahora. Cada negocio tiene sus saberes, también este librero, con la rebaja, estaba apostando por la posibilidad de que el nuevo cliente volviera a llamar a la puerta de la tienda. La idea de artur paz semedo al comprar los dos ejemplares del libro era tan obvia como brillante, tendría siempre a mano la traducción para que le ayudara a vencer las dificultades que pudiera encontrarse al descifrar el original. Esa misma noche, tras la cena, se sentó en su sillón favorito, abrió l'espoir y se adentró en la guerra civil

Esa misma noche, tras la cena, se sentó en su sillón favorito, abrió l'espoir y se adentró en la guerra civil de españa.

de españa. Ya en las primeras líneas comprendió que sin el auxilio de la traducción nunca iba a lograr llevar a buen término la aventura literaria en la que se había metido. Además de la complejidad propia de la narración y del estilo un tanto sobrecargado del autor, al menos para su gusto, se percibía la presencia de un lenguaje militar pasado de moda que se entrometía constantemente en la historia, haciéndola a veces poco accesible para un espíritu habituado a las tácticas y estrategias de la modernidad. En cualquier caso, artur paz semedo disfrutaba como un rey. No sabía él, pobrecillo, lo que le esperaba. Al cabo de una semana de disciplinada y atentísima lectura, cuando ya se estaba aproximando al desenlace del libro, unas cuantas palabras, de súbito, le sacudieron el alma, el espíritu, el cuerpo, en fin, todo cuanto en él fuese susceptible de ser abalado. He aquí el brevísimo pasaje responsable del suceso: «El comisario de la nueva compañía se puso de pie: "A los trabajadores fusilados en milán por haber saboteado obuses, hurra"».

Once palabras sencillas, corrientes, una sola línea de texto, nada más claro que esto, no podía haber la menor confusión. Pese a lo cual consultó nerviosamente la traducción y allí estaba todo, también en su propio idioma: trabajadores, sabotaje, fusilamiento. No cabía ninguna duda, ninguna retorcida exégesis, por más que lo intentara, se podría usar para afirmar que lo que es, no lo es tanto. Artur paz semedo, cuya exquisita sensibilidad no constituye una novedad para nadie, recuerden sus reacciones nerviosas en las presentaciones de las nuevas armas, descubrió en su interior un rápido destello de conmiseración por la suerte de los pobres diablos, aunque inmediatamente dio paso a una frase impiadosa que tuvo el escrúpulo de pronunciar en voz alta para que constase, No pueden quejarse, tuvieron lo que buscaban, quien siembra vientos recoge tempestades, esto fue lo que dijo. Pero no se quedó ahí. Una irritación sorda, subterránea, que no conseguía dominar, se apoderó de él y, en lugar del hombre tranquilo que le había en-

A los trabajadores fusilados en milán por haber saboteado obuses, hurra.

tregado sus lágrimas al filme de malraux, apareció, intolerante, intratable, el empleado de facturación de producciones belona s. a., tan aficionado a instrumentos bélicos que no podía soportar la simple idea de que alguien se atreviera a sabotearlos. Además de un crimen grave de lesa economía en su sector industrial, se lo tomaba como si le hubieran hecho una ofensa personal. Le costará al lector creer que sentimientos como éste, tan explicados, tan precisos en su formulación, se hayan manifestado en secuencia, como si de páginas sucesivas de un libro se tratara. La realidad de lo sucedido en la cabeza de artur paz semedo fue diferente, la conmiseración, la falta de piedad y la irritación, aunque girando sobre sí mismas, aparecieron mezcladas unas con otras, oponiéndose, contradiciéndose, afirmándose, luego imposibles de examinar como si de una sola cosa se tratara. El sentir humano es una especie de caleidoscopio inestable, pero, en este caso, lo que importa dejar claro es que la reacción que prevaleció fue la contrarie-

El sentir humano es una especie de caleidoscopio inestable.

dad, el desagrado, el enfado. Y así, artur paz semedo decidió no seguir leyendo el libro de malraux, pues para desazón, y profunda, le bastaba con la que acababa de sufrir. Desde el principio del mundo había armas y por eso no moría más gente, morían quienes tenían que morir, nada más. Una bomba nuclear por lo menos tiene la ventaja de abreviar un conflicto que de otra manera se podría arrastrar indefinidamente, como sucedió, antiguamente, en la guerra de los treinta años, y en la otra, la de los cien, cuando ya nadie esperaba que alguna vez pudiera instaurarse la paz. En ese momento se acordó de felícia, sería una gentileza de su parte informarle de lo que narraba el libro de malraux. Si ella no lo hubiera leído, sus sentimientos pacifistas se lo agradecerían. La irritación había disminuido, se situaba ahora en un nivel fácilmente soportable, como una contrariedad habitual, por ejemplo una puerta que chirría, un grifo que gotea, un perro que no se calla. Comenzó a marcar el número de teléfono, pero colgó a la mitad. Pensó que podría darse el caso de que estuviera acompañada, no sabemos qué pasaría, o, al contrario, demasiado bien sabemos lo que la llamada iba a interrumpir o perturbar, ella tal vez susurrándole a alguien, Deja, deja que suene, estamos ocupados, no tiene importancia. Artur paz semedo miró la página del libro, vio los trabajadores fusilados, los morteros inutilizados, y, sin más vacilaciones, volvió a marcar, esta vez hasta el final. El teléfono dio tres señales y ella respondió, Dígame, Soy yo, artur, Ya lo sé, he visto tu número, Perdona que te llame a estas horas, Todavía no es tarde, Me ha pasado una cosa de la que me gustaría hablarte, Algún problema, preguntó ella, Problema no diría, pero estoy

con el espíritu confuso, Si es por alguna mujer que acabas de conocer, te deseo la mayor felicidad, Qué mujer, qué nada, tengo cosas más importantes en las que pensar, Mira que sería digna de examen esa preocupación que tienes, por lo menos es lo que me parece, de hacerme creer que no estás con nadie desde que me fui de tu casa, Si estoy o no estoy no es de tu incumbencia, no tiene que ver contigo, Muy bien, entonces explícame por qué tienes la cabecita confusa, Hace una semana fui a la cinemateca a ver una película que se llama espoir, sierra de teruel, La he visto, fui ayer, Es una historia conmovedora, sobre todo la bajada de la sierra de teruel, Cuesta aguantar las lágrimas, es verdad, Yo te confieso que lloré, dijo artur paz semedo,

Te lo acabo de decir, yo también, respondió felícia. Hubo un silencio. Cabría pensar que estaban contentos por haber compartido una emoción tan fuerte, quién sabe si hasta sentados en la misma butaca de la sala, aunque nunca lo reconocerían, hacerlo sería dar una muestra de debilidad sentimental de la que el otro podría aprovecharse. Toda precaución es poca en las parejas separadas. Oye, preguntó felícia, qué me ibas a contar, Después de ver la película pensé que debería leer el libro de malraux, pero en mala hora lo hice, Por qué, Ya cerca del final hay una referencia a unos trabajadores que fueron fusilados en milán por haber saboteado obuses, Y qué, Te parece mal, le preguntó él, Ni mal ni bien, me parece justo lo que ellos hicieron, Justo, justo, se escandalizó artur paz semedo, haciendo vibrar de indignación la membrana interior del aparato, Sí, no sólo justo, también necesario, dado que estaban contra la guerra, Claro, y ahora están muertos, De algo tenemos que morir, No te sienta bien el cinismo, aunque no me asombra, siempre has sido como un bloque de hielo, Tú sí que eres cínico presentándote con esa falsa virtud ofendida, y, en cuanto a bloque de hielo, mira quién habla, Lo que hago es defender mi trabajo, gracias al cual pudiste vivir unos cuantos años, Realmente eres un caballero, si todavía no te había agradecido la caridad, dijo felícia, te la agradezco ahora, Debería haber sabido que me arrepentiría de llamarte, Puedes colgar cuando quieras, pero, ya puestos, te pido que me des tiempo para contarte una historia parecida que seguro que no conoces, es un minuto, no necesito más, Te estoy oyendo, Leí hace tiempo, no recuerdo dónde, ni exactamente cuándo, que sucedió un caso idéntico en la guerra de españa, un obús que no explotó llevaba dentro un papel escrito en portugués que decía Esta bomba no reventará, Eso sería obra del personal de la fábrica de braço de prata, que eran todos más o menos comunistas, En esos tiempos me parece que había pocos comunistas, Y quienes no lo fueran, serían anarquistas, También pudo haber sido gente de tu fábrica, No tenemos gente así, Braço de prata o braço de ouro, el gesto es idéntico, con la diferencia capital de que en este caso no fue fusilado nadie, al menos que se sepa, Al contrario de lo que parece que estás pensando, no reclamo el fusilamiento para los culpables de crímenes como éste, apelo al sentido de la responsabilidad de las personas que trabajan en las fábricas de armas, aquí o en cualquier otro sitio, dijo artur paz semedo, Sí, el mismo tipo de responsabilidad que ha conseguido que nunca se realizara ni una huelga en esas fábricas, Cómo lo sabes, Habría sido noticia mundial, habría entrado en la historia, No se puede discutir contigo, Se puede, es lo que estamos haciendo, Tengo que colgar, Espera, te voy a hacer antes una sugerencia para las horas libres, No tengo horas libres, Pobre de ti, mula de trabajo, Qué sugerencia es ésa, Que investigues en los archivos de la empresa si en los años de la guerra civil de españa, entre el treinta y seis y el treinta y nueve, fueron vendidas armas a los fascistas por producciones belona s. a., Y qué ganaría con eso, Nada, pero aprenderías algunas cosas más de tu trabajo y de la vida, El archivo de la empresa sólo puede ser consultado con autorización de la administración, Usa la imaginación, inventa un motivo, creo que eres uno de los niños bonitos de esos criminales, para algo ha de servirte, Tengo que colgar, Ya lo habías dicho antes, Perdona por haberte molestado, Por lo que parece, el que se ha molestado eres tú, Buenas noches, Buenas noches. Diez minutos y el teléfono de artur paz semedo sonó. Era felícia, No busques encargos firmados por franco, no los vas a encontrar, los dictadores sólo usan la pluma para las penas de muerte. Y colgó antes de que él pudiera responder.

No busques encargos firmados por franco, no los vas a encontrar, los dictadores sólo usan la pluma para las penas de muerte.

- 2 -

Todos estaremos de acuerdo en que una noche mal dormida no es la mejor preparación para un día satisfactorio de trabajo productivo. Maldita sea la hora en que se me ocurrió llamar a esa mujer, cuánta razón tenía mi abuela sebastiana cuando decía que por bien hacer, mal haber, se lamentaba artur paz semedo mientras, con alguna pereza, iba consiguiendo despegarse de las sábanas, y continuó, No conozco a nadie más irritante, con esa complicada manera de razonar que hasta las palabras más inocentes parecen malintencionadas. Desayunó a toda prisa, se saltó dos semáforos en rojo por el camino y, por primera vez en su vida, hasta donde recordaba, llegó al trabajo con el registro de control ya cerrado. Se disculpó lo mejor que pudo ante el superior inmediato y ocupó su lugar. Allí se sentía más seguro, protegido por el implacable orden de su mesa y por el aura de respetabilidad que, con el tiempo, había creado en la sección de contabilidad que estaba a su cargo. Artur paz semedo no veía como colegas o compañeros a las personas que con él trabajaban, sino como subordinados. También entre las armas hay diferencias, a una metralleta ligera no se le pasa por la cabeza sentirse ofendida por no poder competir con un cañón de tiro rápido. En su especialidad, artur paz semedo era eso, un cañón de tiro rápido. Ahora que el trabajo está distribuido y dadas las pertinentes instrucciones al personal que está bajo sus órdenes, puede, por fin, conectar el ordenador y leer el correo. No se sorprendió al encontrar un mensaje de la mujer. Felícia es así, una especie de dóberman que cuando clava los dientes en

A una metralleta ligera no se le pasa por la cabeza sentirse ofendida por no poder competir con un cañón de tiro rápido.

el tobillo de un pobre desgraciado no lo suelta ni a palos. He aquí lo que el mensaje decía, Espero que hayas dormido bien. Yo, como el ángel que soy. Sin querer meterme en tu vida, me gustaría recomendarte que cuando hables con la administración no te olvides de usar el término comparativo, que tu idea consiste en un estudio comparativo e integrado, pon también integrado, entre la contabilidad practicada a lo largo del tiempo y la de ahora, verás como los impresionas. Y terminaba con estas sibilinas palabras, Que tengas la suerte que mereces.

Durante una semana, con diversos tonos, desde el simple y natural interés amistoso hasta la ironía más burlona, como la de aquella pregunta, Todavía estás ahí, que enfureció a artur paz semedo, los mensajes se sucedieron. Era infalible. Encender el ordenador, aparecer ella, lo único que le faltaba era una foto y la firma caligrafiada. Incluso sin firmar lo que escribía, le daba la razón y al mismo tiempo ampliaba la célebre sentencia de buffon, el estilo es el hombre, y es también la mujer. Incluso en el uso de los silencios, de todas las armas la más poderosa. Un día la pantalla apareció desierta de mandatos, provocaciones o recados, como si estuviera diciéndole, Haz lo que quieras, conmigo no cuentes. Fue santo remedio. Esa misma tarde, artur paz semedo se llenó de valor y le comunicó a su superior directo que deseaba ser recibido por el consejero delegado de la compañía, elegido no hacía muchos años para el cargo y de quien en las habladurías de comedor se decía que era persona accesible, simpática con los inferiores. La solicitud siguió su curso, la respuesta llegó tres días después, que sí, que el señor consejero delegado recibiría al peticionario en cuanto tuviese unos minutos disponibles. Todavía pasó casi una semana. En ese entretanto, ni felícia pidió noticias ni artur paz semedo las dio. Era evidente que se estaban castigando el uno al otro. Los días de espera comenzaron siendo para artur paz semedo de intenso desasosiego y mucho papel arrugado. Cantidad de veces puso por escrito, en mal ordenados párrafos, los argumentos que le iban pareciendo mejores para que el consejero se convenciera y autorizara su bajada a las profundidades del archivo. Sus razones, mientras las organizaba en la hoja de papel, le parecían no sólo persuasivas sino indiscutibles, aunque la lectura posterior de lo escrito le mostraba de inmediato la fragilidad de sus esfuerzos argumentales. Desistió. Todavía antes pensó pedirle consejo a felícia, pero consideró que hacerlo sería actuar en menoscabo de su dignidad. Curiosamente, aunque lo intentó, no consiguió encajar en los borradores las palabras en que ella tanto había insistido, es decir, comparativo e integrado. Temía que el consejero le preguntara qué quería destacar con ellas, sobre todo el término integrado, que enseguida se le reveló de difícil manejo dialéctico. Por tanto, iría a la guerra con las armas de la guerra pasada y que el señor dios de los ejércitos decidiera, que para eso tenía poder. Artur paz semedo no es creyente practicante, pero el

Sus razones, mientras las organizaba en la hoja de papel, le parecían no sólo persuasivas sino indiscutibles, aunque la lectura posterior de lo escrito le mostraba de inmediato la fragilidad de sus esfuerzos argumentales.

hábito, aunque no haga al monje, alguna vez le puede hacer pasar por tal, si la ocasión ayuda. Artur paz semedo confiaba en que la ocasión ayudase, que alguien esté o no esté a la altura de las circunstancias, como se dice, es cuestión de suerte. Cuando finalmente le dijeron que el consejero le esperaba, se levantó con aparente firmeza de la silla y, con la misma aparente firmeza, recorrió los largos pasillos que conducían al sanctasanctórum de las producciones belona s. a., es decir, al despacho del máximo responsable de la empresa. Lo recibió la secretaria, que le pidió que esperara un minuto, pero sólo cuando había pasado un cuarto de hora, y después de haber atendido una llamada interna, entreabrió la puerta que comunicaba con el gabinete de al lado y anunció, Señor consejero, aquí está el señor artur paz semedo. Una voz clara, correcta, bien modulada, dijo, Que pase. Artur paz semedo tuvo alguna dificultad en moverse en línea recta, pero, mejor o peor, consiguió atravesar el espacio hasta la enor-

Que alguien esté o no esté a la altura de las circunstancias, como se dice, es cuestión de suerte.

me mesa tras la que el consejero lo esperaba, de pie. Ante el gesto que le hizo, artur paz semedo se sentó, poniendo todo el cuidado en no instalarse en el sillón antes que el jefe. La buena educación está hecha de pormenores como éste, que sólo los espíritus groseros desdeñan. El consejero es un hombre de cuarenta y dos años, bien parecido, moreno de sol y deportes al aire libre, vela, golf, tenis, en fin, vida de country and sea. Sobre la mesa descansa una carpeta poco voluminosa que sin duda contiene, en papeles y anotaciones, lo esencial de la vida y de la trayectoria de artur paz semedo. El consejero la abrió y la volvió a cerrar, cruzó los dedos y preguntó, Qué asunto le trae por aquí, si es una petición de aumento de sueldo ya sabrá que tales cuestiones no se tratan en este nivel, De ningún modo, señor consejero delegado, respondió artur paz semedo con una voz que se le quebró más de una vez, Entonces, de qué se trata, He tenido una idea, señor consejero, En principio todas las ideas son bienvenidas, sobre todo si son sensatas, e incluso alguna disparatada puede servir, a falta de otra mejor, dígame cuál es la suya, Un estudio, señor consejero, Qué clase de estudio, Analizar nuestro antiguo sistema contable, por ejemplo el de los años treinta, comparándolo con el que utilizamos hoy, Para qué, Me ha parecido interesante, señor consejero, No digo que no sea interesante, no soy experto en esas materias, pero confieso que no le veo ninguna utilidad, supongo que no pretenderá llegar a la conclusión de que el antiguo sistema era mejor y que, por tanto, deberíamos adoptarlo de nuevo, Sería sólo un estudio, señor consejero, sin otra finalidad, E inútil, en mi opinión, Creo que tiene toda la razón, señor, reconozco que no tendría ninguna utilidad práctica en los tiempos que corren, he cometido un error de apreciación, le pido que me disculpe por el tiempo que le he robado. El consejero abrió la carpeta, hojeó los documentos que contenía, la rápida sonrisa que le pasó por los labios la provocó la información sobre el comportamiento del empleado cada vez que había exhibición de armas, luego le preguntó, Y por qué ese interés en los años treinta, Fue una época de guerras, la de españa, la que vino a continuación, la segunda guerra mundial, sin olvidarnos de la de italia contra etiopía, la del chaco, en que los bolivianos y paraguayos, según leí, anduvieron tres años matándose, y algunas más, que nunca faltaron, eso me hizo pensar que sería un tiempo de gran actividad para la empresa, con efectos contables importantes, Dicho con otras palabras, que debimos de haber ganado mucho dinero, También se puede decir así, señor consejero, pero ése es un asunto que no es de mi incumbencia, nunca me atrevería, mi intención es sólo de naturaleza profesional y técnica. El contable estaba encantado consigo mismo, con la fluidez con que las palabras le iban saliendo de la boca, la libertad de la exposición, la inesperada sobriedad argumental, y sin haber necesitado recurrir a los estorbos de lo comparativo y de lo integrado. Hubo un silencio, parecía

Sería un tiempo de gran actividad para la empresa, con efectos contables importantes, Dicho con otras palabras, que debimos de haber ganado mucho dinero.

que la entrevista llegaba a su fin, pero el consejero, en un tono que no cabría esperarse, distante, como si estuviera fatigado o inquieto, dijo, Todos los países, sean como sean, capitalistas, comunistas o fascistas, fabrican, venden, compran armas y no es extraño que las usen contra sus propios naturales. De la boca de un directivo de una fábrica de armas estas palabras casi sonaban a blasfemia, como si hubiera dicho, Así es, aunque no debería ser. Evidentemente, no cabía esperar que artur paz semedo respondiera, No tenemos otro mundo, y de hecho no se atrevió a tal. Los pensamientos íntimos hay que respetarlos, incluso cuando se tornan explícitos. Hubo un nuevo silencio. Para dar a entender que estaba listo para retirarse y regresar a su lugar en el departamento de facturación, artur paz semedo se movió discretamente en su sillón, pero el consejero todavía tenía algo que decirle, Creo haber dejado claro que su idea de un estudio comparativo de las contabilidades de las dos épocas está fuera de lugar por despropositado

Todos los países, sean como sean, capitalistas, comunistas o fascistas, fabrican, venden, compran armas y no es extraño que las usen contra sus propios naturales.

e inútil, que sería un desperdicio de tiempo que la empresa no puede permitirse, Así es, señor consejero, interrumpió artur paz semedo, En todo caso, respóndame a esta pregunta, este interés suyo por los años treinta viene de antiguo o es cosa reciente, Es reciente, hace dos o tres semanas vi en la cinemateca una película que se desarrollaba en la guerra civil de españa llamada espoir, sierra de teruel y comencé a pensar, Pensó que merecería la pena investigar los negocios de la empresa en esos años, Eso no, señor consejero, como ya le he dicho, pero pensé que era imposible que una empresa tan reputada como producciones belona s. a. no hubiera participado en el asunto, Como proveedora de armamento, Sí, señor consejero, como proveedora de armamento, nada más, Y eso sería bueno, o sería malo, Depende del punto de vista, Y el suyo, cuál es, Siendo empleado de la empresa, deseo que prospere, que se desarrolle, Y como ciudadano, como persona, Aunque tenga que reconocer que me gustan las armas, prefiero, como

todo el mundo, que no haya guerras, Todo el mundo es mucho decir, por lo menos los generales no estarían de acuerdo con usted. El consejero hizo una pausa y remató, Las direcciones de las fábricas de armas tampoco, Siempre ha habido guerras y siempre las habrá, dijo artur paz semedo en un tono innecesariamente doctoral, el hombre es un animal guerrero por naturaleza, lo lleva en la masa de la sangre, Suena bien, señor semedo, es una buena definición, Gracias, señor consejero, es mucha amabilidad la suya. La carpeta volvió a ser abierta, después cerrada, ya era hora de poner término a la conversación. Esta vez artur paz semedo pensó que debería ser él quien se levantara. Lo hizo con la acostumbrada discreción, diciendo, Con su permiso, me retiro, Por favor, respondió el consejero, alargándole la mano. Al final, la idea de felícia había acabado en nada. Muy lista, muy lista, pero de cuestiones empresariales no tiene ni idea, murmuraba artur paz semedo mientras, vencido, aunque no desanimado, regresaba a su lugar, pero espera, que de ésta no te vas a librar, te voy a cantar las cuarenta en la primera ocasión o no me llamo artur.

En esa noche, para animar la conversación, el consejero le contó a su padre, del que había heredado el cargo en producciones belona s. a., el extraordinario caso de un empleado que quería realizar un estudio comparativo de los sistemas de contabilidad de la empresa, el de los años treinta y el actual, separados por casi un siglo, insinuando de paso que en aquellos años y en los siguientes la fábrica habría hecho buenos negocios con las guerras que entonces bullían, No lo dijo con estos precisos términos, pero es fácil de entender adónde quería llegar, Y tú, qué hiciste, le preguntó el padre, Le quité la idea de la cabeza, figúrese, un trabajador ocupado durante semanas o meses en semejantes frivolidades, eso no forma parte de las tradiciones de la empresa, En algo acertó, hicimos buenos negocios en aquellos tiempos, bastante mejores que los de ahora, con tanta competencia salvaje, Sin olvidar el contrabando, Sí, y el contrabando. Parecía que no quedaba nada más que decir sobre el asunto, pero por el rostro del viejo, de unos setenta y cinco años todavía lúcidos y robustos, cruzó un recuerdo que, por inesperado, a él mismo le sorprendió, Es curioso, acaba de venirme a la memoria un episodio de ese tiempo, me refiero a la guerra civil de españa, en la que no pensaba desde hacía muchos años, Qué es, padre, Entonces era muy joven, no tenía ninguna responsabilidad en la dirección, pero tu abuelo me recomendó que anduviese siempre con los ojos y los oídos bien abiertos, que ésa era la única manera de aprender, Y qué aprendió, Me di cuenta de que había problemas en la fábrica, se hablaba de la preparación de una huelga, incluso hubo algunos sabotajes, el resultado fue que se llamó a la policía para resolver el asunto antes de que fuese demasiado tarde, La policía, Sí, la policía política, la secreta, como entonces se llamaba, Y en qué acabó aquello, Vinieron, se llevaron a unos cuantos trabajadores de la fundición y de los talleres, nunca se supo qué había pasado con ellos, No volvieron a la fábrica, No, hubiera sido un mal ejemplo readmitirlos, cualquier muestra de debilidad por nuestra parte habría incentivado la indisciplina del personal, y bastantes dolores de cabeza teníamos ya nosotros, Hoy reina la tranquilidad, la tranquilidad social, quiero decir, Que nunca es de fiar, dijo el viejo, es como la calma de las aguas profundas, apariencia y nada más.

Al día siguiente el consejero delegado mandó llamar al empleado artur paz semedo para decirle, He estado pensando que quizá sería interesante hacer unas búsquedas en el archivo, Qué tipo de búsquedas, señor consejero, Papeles, informes, correspondencia, investigaciones, actas, memorandos, apuntes, resúmenes de reuniones, cosas así en las que, de una u otra manera, aparezca reflejada la participación de la empresa en los acontecimientos de la época, Todo siempre en los años treinta, Sí, Si me lo permite, le recuerdo que para un trabajo de

Hoy reina la tranquilidad, la tranquilidad social, quiero decir, Que nunca es de fiar, dijo el viejo, es como la calma de las aguas profundas, apariencia y nada más.

esa envergadura es necesaria una orientación, un criterio, no puede servir cualquier documento sólo porque a mí me parezca importante, Lo que encuentre me lo entrega, y yo decidiré, tal vez sirva para compensar la rutina de papeles que suele llegar a esta mesa, Creo que lo he entendido todo, Recuerde que su campo de acción se limita a los años treinta, a las guerras de entonces, Eso ya incluye la segunda guerra mundial, Dejemos ésa aparte, lo más importante de ella ocurrió en los años cuarenta, dijo el consejero, y prosiguió, Puede comenzar cuando quiera, voy a ordenar que se le facilite un pase de libre tránsito, cualquier problema que surja hable con mi secretaria. Sí, señor, dijo artur paz semedo. Estrechó la mano que el consejero le ofrecía y se retiró. No caminaba, volaba. Entró en su departamento con un aire de triunfador que nadie le había visto y que todos los subordinados, sin excepción, atribuyeron a un sustancioso aumento de sueldo. Tan limitada es la imaginación de la gente común.

Dos o tres veces por semana, artur paz semedo cena fuera, manera abreviada de decir que va a un restaurante. Quiebra la rutina de la comida casera, poco variada y sólo moderadamente apetitosa pues el arte culinario no es uno de sus dones, y se distrae lo mejor que puede con el paisaje humano. A varios de los clientes ya los conoce de vista, algunos son, como él mismo, solitarios, y es con ésos con los que, aunque sin más comunicación verbal que un simple buenas noches, la reiteración de los encuentros ha logrado que se establezca una especie de complicidad tácita, sin causa real, lo suficiente en cualquier caso para una media sonrisa y un gesto rápido de cabeza que, en el mismo instante en que se manifiesta, también se retrae. En lo que artur paz semedo se fija mucho, ahora que está separado, es en el comportamiento de las parejas. Algunas, pocas, vienen con aire de fiesta, quizá son recién casados todavía en el frescor de la novedad, otros, como quien cumple una obligación penosa, se sientan en silencio, en silencio eligen lo que quieren comer y en silencio esperan a que les sirvan. Si alguna palabra llegan a pronunciar después es porque no parece presentable estar con una persona y no conversar con ella, aunque esa persona no sea nada más que el marido habitual y la esposa de siempre. Artur paz semedo recuerda con un puntito de dolorida nostalgia las veces en que felícia y él comían fuera y la animación de esos encuentros tête-à-tête, ya que felícia adoraba hablar y no necesitaba que el marido le sirviera de contrapunto, ella misma se encargaba de lanzar los cohetes y de correr para recoger las cañas. Este recuerdo le hizo pensar a artur paz semedo que tenía la obligación de informar a la exesposa de lo que había sucedido en la empresa, exesposa sólo de hecho, que de derecho continuaba siendo lo que era antes de dar el portazo. Al fin y al cabo, la idea de penetrar en los misterios contables de producciones belona s. a. había sido suya, y si era cierto que el sugerente estudio de los dos sistemas de contabilidad

había sido rechazado por el consejero, no era menos cierto que ése había sido, palabra a palabra, el camino recorrido para llegar al mejor de los resultados posibles, es decir, el pase libre para investigar lo que le viniese en gana, sin tener que dar más explicaciones que las atinentes al marco temporal que había quedado establecido. Sí, los años treinta, pero nadie le podría impedir espiar lo que había sucedido en los cuarenta y cincuenta. Artur paz semedo se sentía como un sansón capaz de derribar de un soplo todas las columnas del templo y matar a los filisteos de un golpe, en menos de un santiamén. Sacó el teléfono móvil del bolsillo y, sin dudar, marcó el número de felícia. Hola, qué tal, dijo ella, cómo te va, Tengo novedades, respondió él, pero no puedo hablar muy alto porque estoy en un restaurante, Si son tan importantes me podrías haber llamado desde casa, Supuse que todavía no habrías llegado, pero ya no aguantaba más y te llamo desde aquí, pon atención, Soy toda oídos, En cuanto a las contabilidades, nada conseguido, no les interesan, pero voy a tener un pase libre para investigar sobre los años treinta, Investigar qué, preguntó felícia, Todo lo que me parezca importante, incluyendo las transacciones realizadas, De armas, fue la pregunta, Sí, respondió él, todo, Cómo lo has conseguido, preguntó ella, sin poder evitar el tono de leve respeto con el que le salieron las palabras, Dije lo que tenía que decir, él me escuchó, y, después, de una cosa a otra, llegamos a este resultado, Me alegro, es mucho más de lo que esperábamos. A artur paz semedo le gustó ese plural, era como si ella estuviera sentada al otro lado de la mesa. Lo mejor de todo fue que se atreviera a decirlo, Me gusta ese plural, fueron sus palabras, Lo dije conscientemente, respondió felícia, no me ha salido por casualidad, Y entonces, Hablaremos después. Se dijeron las palabras de despedida y cortaron. El camarero, como si estuviera a la espera de esta señal, le puso delante el filete con patatas fritas. Artur paz semedo, al que le sobraba fama de melindroso, sintió de repente hambre de lobo.

- 3 -

E l edificio de producciones belona s. a. no quedaría mal al lado de cualquier palacio del barroco romano. Es una mole poderosa de cuatro pisos a la que la fachada, completamente revestida de sillares, da apariencia de cosa achaparrada, idea que el interior desmentirá, pues los techos son de lo más alto y las salas de lo más espaciosas, nada que ver con los modernos cubículos en que las nuevas arquitecturas andan empeñadas en hacernos vivir. Debajo de esta especie de fortaleza está el sótano, el subterráneo, el archivo histórico. Por muchos años que viva, y es lo suficientemente joven para vivirlos, artur paz semedo nunca olvidará ese día, el solemne momento en que se levantó de su mesa de contable para bajar a las profundidades del ignoto pasado. Portaba el pase de libre tránsito que debería abrirle todas las puertas, el ábrete sésamo, la caverna de alí babá. Al lado del ascensor por donde ha bajado se encuentra una gran estructura metálica, un potente montacargas cuya principal función es subir y bajar los coches de los ejecutivos de mayor autoridad en la empresa, comenzando por el consejero delegado. Por lo que se ve, un archivo, pese a la respetabilidad inherente a su función recopiladora, también puede ser utilizado como garaje, siempre que la puerta que dé al exterior sea suficientemente amplia. Al salir del ascensor, lo primero que da a la cara es el olor a papel viejo, que no debe confundirse con el del moho, menos aún en este lugar donde no se nota el menor vestigio de humedad. Luego viene la sorpresa causada por las filas de poderosas columnas entrelazadas por arcos de medio punto que sustentan la enorme carga del

Artur paz semedo nunca olvidará ese día, el solemne momento en que se levantó de su mesa de contable para bajar a las profundidades del ignoto pasado.

edificio. A poca distancia, una especie de jaula de madera muestra, a través de cristales opacos por el polvo del tiempo, a dos hombres trabajando. Son los encargados del archivo, uno ya de cierta edad, que más adelante se presentará como arsénio, otro bastante más joven, cuyo nombre es sesinando, superior en la escala el primero, subordinado el segundo. El jefe es gordo y calvo, el ayudante tiene todo el pelo y es flaco como un ayuno. Ambos miran al intruso con desconfianza. Artur paz semedo lleva consigo el pase de libre tránsito, podría, por tanto, evitar las aproximaciones personales, pero el pensamiento de que va a tener que pasar muchas horas en este lugar y de que los dos hombres le podrán ser útiles por el conocimiento que seguramente tendrán de los materiales guardados le hizo acercarse con una sonrisa conciliadora en los labios. Buenas tardes, dijo. El jefe masculló algo, el flaco lo repitió como un eco obediente. Qué desea, preguntó el gordo arsénio, Autorizado por el señor consejero delegado, vengo a realizar unas pesquisas, aquí tiene el pase de acceso libre. El otro tomó el papel, lo ojeó apresuradamente y sentenció, Esto no sirve, No sirve, por qué, preguntó súbitamente frustrado el aspirante a investigador, Es sólo un pase de libre tránsito, puede andar por donde quiera, pero nada más, Sí, señor, nada más que eso, completó el ayudante, Está firmado por el consejero delegado, es suficiente, Lo sería de no faltarle una referencia clara al objeto de las pesquisas que se propone hacer, Si ésa es la duda, le digo que se trata de los años treinta, De qué siglo, Del siglo veinte, Será así, pero no está escrito, Pues claro, no está escrito, reforzó el auxiliar, como si su opinión estuviera faltando en el debate, Y qué hago ahora, preguntó artur paz semedo, Tráigame un documento en que se especifique, negro sobre blanco, lo que pretende hacer aquí, respondió el gordo, un documento firmado por alguien con autoridad, después sólo le pediré que no me desorganice demasiado las cajas de los archivos, Que buen trabajo hemos tenido con ellas, remató el ayudante sesinando. Ante la más que justificada insistencia del jefe del archivo, artur paz semedo no tuvo más remedio que resignarse, pero, para que su bajada al subterráneo no hubiera sido del todo inútil, todavía preguntó, Dónde están los archivos de los años treinta, En el vano entre la quinta y sexta columna, al otro lado, Al otro lado, se extrañó artur paz semedo, Sí, los estantes son dobles, delante y detrás, Ah, fue la respuesta de paz semedo, con tono de un alumno sorprendido en flagrante delito de ignorancia, Quiere algo más, preguntó el gordo sin disimular la impaciencia, me llamo arsénio, mi ayudante sesinando, Encantado de conocerlo, señor arsénio, Igualmente, respondió el gordo, Lo mismo digo, dijo el flaco, encantado de conocerlo, Y usted, cómo se llama, quiso saber el jefe arsénio, Perdonen, ya debería haberme presentado, me llamo artur paz semedo y soy el responsable de facturación de armas ligeras y municiones. Ahora fue el turno de oírse otro Ah, aunque éste doble, algo desdeñoso el del jefe gordo, formal el del subalterno flaco, que daba la impresión de no querer comprometerse demasiado mientras no viera más claras las relaciones de autoridad en este pequeño círculo de tres. Artur paz semedo comprendió que era el momento de retirarse a territorio conocido, regresar a su mesa de trabajo, a sus números, a sus facturas, y, ahí, esperar a que los obstáculos levantados por el jefe del archivo fueran eliminados por quien por derecho pudiera hacerlo. Ya en su mesa, llamó a la secretaria del consejero delegado y le explicó lo que pasaba. Ella se mostró escandalizada por el hecho de que un simple empleado se atreviera a cuestionar un mandato de la máxima autoridad de la empresa, y de tal manera se expresó que artur paz semedo se sintió obligado, en nombre de la justicia y la equidad, a defender al hombre, Tiene motivos para pedir instrucciones claras que definan y protejan las responsabilidades de cada uno en este asunto y así evitar que puedan surgir problemas en el futuro. Le satisfizo notar que la secretaria se rendía ante la pertinencia de sus argumentos conciliatorios y que con ese espíritu le transmitiría al consejero delegado las objeciones, finalmente comprensibles, del jefe del archivo. Como en este mundo no hay nada enteramente puro de segundas y terceras intenciones, artur paz semedo, con la mira puesta en posibles facilidades futuras, ya estaba pensando en la mejor manera de hacer llegar al conocimiento del gordo arsénio un resumen de la conversación con la secretaria.

Esta vez no tuvo que esperar mucho. Dos días después, la secretaria remitió a artur paz semedo el siguiente papel firmado por el consejero delegado, El portador, señor artur paz semedo, empleado del departamento de contabilidad de la empresa producciones belona s. a., está autorizado a investigar libremente el archivo en la parte concerniente a los años treinta del siglo pasado, debiendo presentarle al consejero delegado cualquier documento que le parezca de interés, según las orientaciones verbales que del mismo consejero recibió. Ningún

Artur paz semedo comprendió que era el momento de retirarse a territorio conocido, regresar a su mesa de trabajo, a sus números, a sus facturas, y, ahí, esperar a que los obstáculos levantados por el jefe del archivo fueran eliminados por quien por derecho pudiera hacerlo.

documento podrá salir del archivo sin que sea fotocopiado previamente, de modo que se garantice la protección de las responsabilidades de los trabajadores intervinientes, los cuales, en caso de conflicto de competencias, podrán, salvo decisión en contra del consejero delegado, reclamar la devolución del o de los documentos en cuestión. Y terminaba, Cuando la investigación acabe, todas las fotocopias deberán ser destruidas. Nada más claro. A artur paz semedo le gustó sobre todo el adverbio de modo libremente. Por primera vez en su vida alguien, no una persona cualquiera, sino el propio consejero delegado, le había reconocido, no sólo el derecho, sino la obligación estricta de ser libre en su trabajo, y, por extensión lógica, en cualquier situación de la vida. El sueño de un traslado al departamento de armas pesadas valía bien poco al lado de esta inesperada revelación.

Al día siguiente, a primera hora de la mañana, artur paz semedo bajó al subterráneo. Iba serio, investido de sus nuevas responsabilidades, y sin nerviosismo ni ansiedad saludó a los suspicaces archivistas, Buenos días, dijo, qué tal están desde que nos vimos. El jefe farfulló unos buenos días malhumorados, el subordinado lo imitó lo mejor que pudo y artur paz semedo presentó la hoja de papel abierta, Aquí tiene la autorización. El gordo tomó la orden con las puntas de los dedos, como si temiese quemarse, la leyó una y otra vez, y dijo, Muy bien, puede comenzar a trabajar, sesinando le acompañará a los años treinta, Gracias, respondió artur paz semedo, antes, sin embargo, debo decirle que hubo ciertas dudas en las alturas sobre la pertinencia de sus objeciones, pero yo hice ver que, muy al contrario, su negativa estaba más que justificada y que la empresa debería agradecerle la firmeza y la consistencia profesional demostrada en este caso. Como sabemos, nosotros que hemos sido testigos presenciales de los acontecimientos, esta última parte no corresponde a la realidad de lo sucedido, pero, sin duda, bruñe la frase a la perfección.

Bruñir la frase es lo más importante en las comunicaciones entre humanos.

Bruñir la frase es lo más importante en las comunicaciones entre humanos. Después de las explicaciones recibidas cuando preguntó la localización de los años treinta, artur paz semedo podría acercarse al lugar sin ayuda, pero sesinando ya estaba preparado para guiarlo hasta eldorado de la antigüedad noticiosa. En cincuenta pasos llegaron y sesinando dijo, Le hemos puesto aquí una mesa para trabajar, papel para tomar notas y rotuladores de colores diferentes, si necesita algo más sólo tiene que decírmelo, son las instrucciones del jefe. Al final, el diablo no es tan fiero como lo pintan, ese antipático arsénio que parecía dispuesto a pedirle cuentas a un imprudente consejero delegado que distribuía pases de libre tránsito a cualquier mindundi demostraba, después de todo, un espíritu de colaboración nada habitual en una empresa que se caracterizaba profesionalmente por el sálvese quien pueda, cada uno por sí mismo y contra los otros. Lo más antiguo está en las estanterías de arriba, pero creo que no le interesará, en cualquier

caso aquí tiene una escalera de mano, hay que tener cuidado con el tercer peldaño, no está muy firme, avisó sesinando, Gracias, dijo artur paz semedo, los años que más me interesan son los últimos del decenio. La última palabra fue saboreada como un caramelo predilecto, aunque infrecuente, hay palabras así, objetivamente útiles por lo que significan, pero pretenciosas en el discurso corriente, hasta el punto de provocar con frecuencia el comentario irónico de quien las escucha, Qué fino habla este tipo. Fino no está hablando ahora artur paz semedo, más bien es un susurro inaudible a tres pasos, que sólo una avanzadísima tecnología hará llegar hasta el oído de felícia, Estoy en el archivo, dijo él, y ella, desde lejos, Habla más alto, parece que estás en el fondo de un túmulo. No sabía cuánta razón tenía, aquellas estanterías, curvadas por el peso de los papeles, estaban cargadas de muertos que tal vez hubiera sido preferible dejar entregados al sueño eterno en vez de arrancarlos de la oscuridad y de la impotencia resignada en que permanecían desde hacía casi un siglo. La prudencia manda que el pasado sólo se toque con pinzas, e, incluso así, desinfectadas, para evitar contagios. Tras dos desesperantes minutos de incomprensión mutua, artur paz semedo consiguió hacerle llegar a felícia la información de que ya se encontraba en el archivo y se disponía a iniciar su trabajo de investigador. Entre medias palabras, acabaron concertando que cenarían juntos uno de aquellos días, Quiero saber cómo conseguiste meter esa lanza en áfrica, dijo ella, Soy merecedor de confianza, respondió él y colgó. Se aproximaba sesinando, que traía en la mano una lámpara de mesa, El jefe me manda esto, si tiene que consultar papeles antiguos va a necesitar una luz más fuerte, Gracias, no dejaré de agradecérselo, Hágalo, hágalo, a él le gustará. Artur paz semedo, que había estado mirando con expresión preocupada los estantes cargados de cajas de cartón, como quien, llegada la hora, duda si ponerse manos a la obra, observó, No veo aquí los libros de actas, Ésos están en otro sitio, todos juntos, por orden cronológico, Me puede llevar hasta ellos, sólo para echar un vistazo, preguntó artur paz semedo, Venga conmigo, dijo sesinando. No anduvieron menos de unos veinte metros antes de llegar a un alto estante, también colocado entre dos columnas que, igual que las otras, parecían mucho más antiguas que el resto del edificio, como si éste hubiese sido construido sobre ruinas antiguas, en parte todavía aprovechables, Aquí están, dijo sesinando, apuntando a la colección de libros, todos encuadernados, los de tapa negra son las actas de las reuniones del consejo de administración, los de tapa azul son las actas de las asambleas generales, No pienso que sean de especial utilidad para mi trabajo, Tal vez, pero si quiere le muestro algo que puede interesarle. Sesinando se subió a un pequeño taburete, extendió un brazo y retiró un volumen azul, Las actas de mil novecientos treinta y tres están en este libro, anunció. Lo hojeó con la seguridad de quien sabe lo que busca y dónde encontrarlo, y dijo, Aquí está, lea esto. El acta era extensa, minuciosa hasta el extremo, contra lo que es habitual en este tipo de documentos, que en general se limitan a resumir lo fundamental de los debates. Obediente, artur paz semedo leyó las primeras líneas a media voz, pasó a la constitución de la mesa, pero sesinando decidió anticiparse, El asunto principal de esa asamblea fue debatir la propuesta de alteración de la razón social armas belona a producciones belona, como ahora se llama, Y qué razones existían para ese cambio, preguntó artur paz semedo, Pensaban entonces ampliar la actividad de la empresa a la fabricación de maquinaria agrícola, Pues siendo así, es razonable que no siguiera llamándose armas belona, Exactamente, pero también es cierto que la idea no prosperó, Es un documento importantísimo, no sé cómo agradecerle la ayuda, dijo artur paz semedo, Tal vez lo haga un día, la verdad es que estoy cansado de esta vida de topo, me gustaría que me cambiaran a las alturas. Sopesando el libro como si lo estuviera acunando, artur paz semedo

dijo, Si le puedo ser útil, cuente conmigo, y a continuación, como quien da voz a la idea principal que le invade, En mil novecientos treinta y tres el actual consejero delegado todavía no había nacido, dijo, Unos vienen, otros van, respondió sesinando, Gracias a su preciosa ayuda, ya en el primer día tengo algo para llevarle, Yo no lo haría, esperaría un tiempo, digamos una semana, Por qué, Porque es difícil creer en una casualidad como ésta, descubrir un documento de tanto interés nada más poner los pies en el archivo, Tiene toda la razón, señor sesinando, no debo precipitarme, Llámeme sesinando, al jefe hay que llamarlo señor arsénio, pero para las personas que me caen bien, sesinando es suficiente, Gracias, es una suerte haberlo conocido, Espero no darle motivos para que se arrepienta, No me los dará a mí ni yo se los daré a usted, Que estos papeles lo oigan. Le extrañó a artur paz semedo la frase invocadora, como si las sombras del archivo estuviesen pobladas de divinidades auxiliares que convendría tener del lado de quien allí trabaja-

Le extrañó a artur paz semedo la frase invocadora, como si las sombras del archivo estuviesen pobladas de divinidades auxiliares.

ba, incluyendo al recién llegado, durante el tiempo que durase su misión. Sin saber qué respuesta darle a tan insólita declaración, artur paz semedo se limitó a decir que iba a regresar a los años treinta para iniciar las tareas que le habían sido encargadas. Como si la elocuencia lo hubiese abandonado tras el rapto de inspiración, sesinando lo acompañó en silencio, sólo interrumpido por un aviso trivial, Haga lo posible para no desorganizarnos las cajas. Cuando los pasos del amable guía dejaron de oírse, artur paz semedo se sacó un papel del bolsillo y lo desdobló. Era la lista, escrita de memoria, de los materiales de archivo que, en opinión del consejero delegado, debían merecer atención, es decir, informes, correspondencia, dictámenes, actas, memorandos, apuntes, noticias de periódicos, resúmenes de reuniones, cosas así. Estaba seguro de no haber olvidado nada. Se preguntó a sí mismo si debería ponerse ya a buscar, directamente, en la guerra civil de españa o echar un vistazo a los acontecimientos anteriores, por ejemplo la guerra del chaco entre bolivia y paraguay, iniciada en mil novecientos treinta y dos. La información, obtenida en una enciclopedia, le vendría a las mil maravillas para exhibir un saber histórico en la conversación con el consejero delegado que, aunque no resistiría la mínima profundización, sí impresionaría al interlocutor. Alzó los ojos y buscó la época que le interesaba, tarea de lo más simple, ya que había letreros de cartón separando los años, con la respectiva indicación en rojo. Se levantó, subió la escalera de mano lo necesario para poder llegar a lo alto con el brazo extendido, con cuidado al pisar el tercer peldaño, como había recomendado sesinando, y fue abriendo cajas hasta dar con los papeles de junio, mes del inicio de las hostilidades, que comenzaron precisamente el día quince de ese mes. Había un recorte de periódico, publicado dos días después, con informaciones sumarias sobre las causas del conflicto, la más reciente de todas el descubrimiento de petróleo en la falda de la cordillera de los andes, en la región del chaco boreal. Otra causa se atribuía al hecho de que bolivia no tuviera acceso al mar y esta guerra pudiera ser la oportunidad de recuperarlo, aunque no igual que antes, en el norte, que de eso se había encargado chile hacía muchos años. Lo más interesante de todo, sin embargo, era la hoja de papel doblada que estaba grapada al recorte. Con el corazón galopándole en el pecho, artur paz semedo, cuidadosamente, la desdobló para darse cuenta, nada más leer las primeras palabras del manuscrito, de que no se había equivocado. El abuelo del actual consejero delegado le daba instrucciones a alguien para que se informara a fondo del conflicto, principalmente de la composición de los ejércitos en litigio, efectivos de infantería y artillería, origen de los respectivos armamentos y sus proveedores, nombres de las personas influyentes que podrían ser contactadas en ambos países. Al contrario de lo que habría cabido esperar en un archivo normal, con procedimientos organizados donde se fueran recogiendo los documentos de forma

Con el corazón galopándole en el pecho, artur paz semedo, cuidadosamente, la desdobló para darse cuenta, nada más leer las primeras palabras del manuscrito, de que no se había equivocado.

sucesiva y coherente, respetando la cronología, aquí no era así, o sí, aquí lo que primaba era la cronología, pero en términos absolutos, no relativos a cada asunto. De este modo, la respuesta de la persona consultada estaba delante, más o menos cerca, más o menos lejos, según la circunstancia y la diligencia del informador. Así, artur paz semedo supo que el ejército boliviano disponía de doscientos cincuenta mil soldados, mientras que el ejército paraguayo no pasaba de los ciento cincuenta mil hombres, lo que quizá significase que bolivia volvería a tener una salida propia y directa al océano pacífico, cosa por otro lado bastante improbable porque si chile no le devolvía a bolivia lo que le había robado en el norte, menos aún le abriría graciosamente un camino por el sur a través de los andes. En cualquier caso, perderían la guerra, tal vez con una parte de responsabilidad de producciones belona s. a., pues la falta de un puerto de mar fue la razón aducida por la administración de la empresa para excluir cualquier posibilidad de negocio de armas con bolivia. En fin, para ser el primer día, pensó artur paz semedo, incluso sin poder, por inteligente consejo de sesinando, llevarle al consejero delegado el libro de actas de mil novecientos treinta y tres, la cosecha no era mala. Lo que le faltaba ahora era hacer la prueba del nueve, es decir, consultar los libros de contabilidad del año treinta y dos y siguientes y verificar las entradas de dinero, sin duda en dólares, y su procedencia, que podría ser del propio gobierno paraguayo, o de una entidad financiera que, con condiciones leoninas, hubiese asumido la deuda. Artur paz semedo decidió que estaba bien por ese día, roma y pavía no se hicieron en un día, además paz semedo no quería darle al consejero delegado la impresión de que su trabajo era fácil, cuando la verdad es que el tercer escalón de la escalera de mano, si se rompía, podía equivaler a un accidente grave, si no a la muerte misma. De acuerdo con lo que había sido determinado, artur paz semedo le llevó los documentos al jefe del archivo pa-

Esta vez artur paz semedo no corrió, un aura de nueva dignidad parecía rodearle la cabeza cuando, con pasos medidos, atravesó la sección que dirigía y entró en el amplio pasillo que lo conduciría a su destino.

ra que fuesen fotocopiados y aprovechó la ocasión para agradecerle la lámpara y el espíritu de colaboración. Al señor arsénio le gustó el agradecimiento, pero no lo manifestó con palabras o gestos, se limitó a toser para aclararse la garganta, como si tuviese dificultades en tragar. Le ordenó a sesinando que hiciera las fotocopias, después de haber pasado los ojos por los originales, que ya debía de conocer, pues no hizo ningún comentario, salvo, unos minutos más tarde, Por lo visto aprovechó bien la mañana, Me ha faltado consultar la contabilidad de esos años, no sé dónde se encuentran los libros, Sesinando se lo indicará la próxima vez, Muchas gracias, señor arsénio, dijo artur paz semedo. Recibió los originales, se despidió hasta el día siguiente y se retiró. Al regresar a su puesto llamó a la secretaria y le pidió que, con cierta urgencia, le concertara una audiencia con el consejero delegado, Tengo documentos importantes para entregarle, dijo. No habían pasado diez minutos cuando la secretaria llamó, Venga inmediatamente. Esta vez artur paz semedo no corrió, un aura de nueva dignidad parecía rodearle la cabeza cuando, con pasos medidos, atravesó la sección que dirigía y entró en el amplio pasillo que lo conduciría a su destino. Ya sin estratégicos retrasos, la secretaria lo hizo pasar al despacho del consejero, que lo recibió con una sonrisa, al mismo tiempo que decía, No esperaba verlo tan pronto, cuando prácticamente acaba de comenzar, Creo que he encontrado algo sobre la guerra del chaco que le podrá interesar, señor consejero, Muéstremelo. Artur paz semedo se inclinó sobre la mesa y le entregó la carpeta azul donde guardaba los papeles. Siéntese, siéntese, dijo el consejero, sin imaginar que acababa de inundar de gozo el alma de artur paz semedo, pues no es lo mismo oír a una persona diciéndonos en tono afable, Siéntese, siéntese, que aquel brusco y habitual Siéntese, que dan ganas de seguir de pie sólo para llevar la contraria. Artur paz semedo está pues sentado y observa con atención la reacción del consejero delegado, que, ha-

Diplomacia, por tanto, A todos nos gusta ser bien tratados, señor consejero, una buena palabra hace milagros.

biendo comenzado por traducirse en una palabra, Interesante, muy interesante, tras la segunda lectura se multiplicó en felicitaciones y agradecimientos, Veo que ha comprendido mi intención, Usted fue muy claro en cuanto a los propósitos de la investigación, Y los archivistas, me han dicho que el empleado principal es un hombre complicado, de trato difícil, Así me lo pareció también al principio, pero es sólo cuestión de darle la vuelta, reconocerlo como jefe indiscutible del servicio, pedirle consejo incluso cuando no es necesario, a partir de ahí se transforma en la más disponible de las criaturas, Diplomacia, por tanto, A todos nos gusta ser bien tratados, señor consejero, una buena palabra hace milagros, Cuáles son sus planes ahora, Antes de llegar a la guerra civil de españa, todavía tendremos que pasar por italia contra abisinia, Contra etiopía, Por lo que he leído, señor consejero, en aquel tiempo se decía más abisinia que etiopía, Tráteme como ingeniero, que es lo que seré toda la vida, y no consejero o consejero delegado, que es algo que tanto puede durar como no, además, mañana saldrá una nota con esta disposición, Al personal le va a gustar, señor ingeniero, el tratamiento de consejero delegado impone una distancia que en realidad no existe, si lo podré decir yo, Supongo que su caso ha sido un poco especial, llegó aquí con una idea, Que no servía para nada, Sirvió para que emergiera otra idea mejor, no le parece bastante, preguntó el ingeniero, Si le soy franco, todo me parece demasiado, yo aquí sentado, yo buscando documentos en el archivo, yo hablando con el consejero delegado, yo, un simple jefe de facturación menor, sin oficio ni beneficio, Oficio, tiene, no se queje, Nada que otra persona no pueda hacer.

Alabardas, alabardas, espingardas, espingardas

Notas de trabajo de José Saramago

15-8-2009

Es posible, quién sabe, que quizá pueda escribir otro libro. Una antigua preocupación (por qué nunca se ha producido una huelga en una fábrica de armas) ha dado paso a una idea complementaria que, precisamente, permitirá el tratamiento novelado del asunto. No lo esperaba, pero sucedió mientras estaba aquí sentado, dándole vueltas a la cabeza o ella dándome vueltas a mí. El libro, si llega a ser escrito, se titulará *Belona,* que es el nombre de la diosa romana de la guerra. El gancho para arrancar la historia ya lo tengo y he hablado de él muchas veces: aquella bomba que no explotó en la guerra civil de España, como André Malraux cuenta en *L'Espoir.*

1-9-2009

La memoria me ha engañado: el episodio no está recogido en *L'Espoir.* Ni en *Por quién doblan las campanas* de Hemingway. Lo he leído en alguna parte, pero no recuerdo dónde. Tengo la suerte de que Malraux haga en su libro una referencia (brevísima) a trabajadores de Milán fusilados por haber saboteado obuses. Para lo que busco, con eso basta.

2-9-2009

La dificultad mayor reside en construir una historia «humana» que encaje. Una idea sería hacer que felícia regrese a casa cuando se dé cuenta de que el marido comienza a dejarse llevar por la curiosidad y cierta inquietud de espíritu. Volverá a irse cuando la administración «compre» al marido poniéndolo al frente de la contabilidad de un departamento que se ocupa de las armas pesadas.

16-9-2009

Creo que podremos llegar a tener libro. El primer capítulo, refundido, no reescrito, salió bien, apuntando ya algunas vías para la tal historia «humana». Los caracteres de felícia y del marido aparecen bastante definidos.

El libro terminará con un sonoro «Vete a la mierda», proferido por ella. Un remate ejemplar.

24-10-2009

Tras una interrupción causada por la presentación de *Caín* y sus tempestuosas consecuencias, regresé a *Belona S. A.* Corregí los tres primeros capítulos (es increíble cómo lo que parecía bien lo ha dejado de ser) y aquí hago la promesa de trabajar en el nuevo libro con mayor asiduidad. Saldrá al público el próximo año si la vida no me falta.

26-12-2009

Dos meses sin escribir. A este paso tal vez haya libro en 2020... Mientras tanto, el epígrafe será: Alabardas, alabardas, espingardas, espingardas.

Es de Gil Vicente, de la tragicomedia *Exortação da Guerra*.

31-12-2009

Pese a no estar nada seguro de poder llevar el libro a cabo, le he cambiado el título: ahora se llama *Productos Belona, S. A.*

2-2-2010

Otro cambio, finalmente el bueno: *Alabardas, alabardas, espingardas, espingardas* será el título.

22-2-2010

Las ideas aparecen cuando son necesarias. Que el consejero delegado, que pasará a ser mencionado sólo como ingeniero, haya pensado escribir la historia de la empresa tal vez haga salir la narración del marasmo que la amenazaba, que es lo mejor que podría haberme sucedido. Veremos si se confirma.

Un libro inconcluso, una voluntad consistente

Fernando Gómez Aguilera

«Es posible, quién sabe,
que quizá pueda escribir otro libro.»
José Saramago, septiembre de 2009

Apenas unos meses después de haber concluido *Caín,* a mediados de agosto de 2009, Saramago abrió un archivo de notas en su ordenador portátil dedicado a la nueva novela que pretendía comenzar. Una vieja idea buscaba acomodo narrativo y, en esos días, había encontrado el desencadenante de la anécdota que pudiera darle cuerpo. «Es posible, quién sabe, que quizá pueda escribir otro libro», reflejaba en la primera línea de sus apuntes.

Desde que, en 2006, mientras gestaba *Las pequeñas memorias,* la enfermedad se había instalado en la rutina de su vida, el tiempo apremiaba. El pulso de su literatura se aceleraba contra la muerte. El propio escritor, consciente del paulatino cerco al que era sometido por la adversidad, supo explicarlo con una elocuente metáfora: «Tal vez la analogía perfecta sea la de la vela que lanza una llama más alta en el momento en que va a apagarse». Para dar fe de su rendimiento y del vigor de sus destellos, ahí estaban, además de *El viaje del elefante* (2008), *Caín* (2009) y los fogonazos de *El cuaderno* (2009) y *El último cuaderno* (2010). Cuatro títulos que habían sido producidos coincidiendo con un período en el que su dolencia se afianzaba.

De nuevo ahora, sin solución de continuidad, Saramago se refugiaba en la escritura. Estaba cerrando puertas y le quedaban cosas por decir. ¿Tendría tiempo suficiente para plantearlas? «Es posible», «quién sabe», «quizá», revelaba, cauteloso aunque esperanzado, en la línea inicial de sus notas, las primeras palabras de una aventura agónica que irremediablemente se emprendía en el corazón de las tinieblas. De modo que la razonable desconfianza impuesta por la frágil realidad matizaba el impulso de su consistente voluntad. Pero había aún algo que decir y, por consiguiente, debía ser dicho o, cuando menos, tenía que procurarse.

Si en *Las pequeñas memorias* se rendía tributo a la memoria íntima y anónima de la infancia, *El viaje del elefante,* su libro más cervantino, le sirvió para homenajear a la lengua portuguesa y celebrar la esencia fabuladora de la literatura. A continuación, de la mano de *Caín,* reprobaría con mordacidad el mito de la religión, en un gesto de raíz volteriana. Años antes, en *Ensayo sobre la lucidez* (2004), se había adentrado en la inconsistencia y las desviaciones de la democracia, abordando el espacio sociopolítico y la ética pública. A la muer-

Saramago se refugiaba en la escritura. Estaba cerrando puertas y le quedaban cosas por decir. ¿Tendría tiempo suficiente para plantearlas?

te ya le había puesto cara por anticipado, de la mano del humor y la categórica lógica argumental, en *Las intermitencias de la muerte* (2005). Con *Ensayo sobre la ceguera*, dos lustros antes, fundaría el ciclo alegórico de su escritura, cuando se propuso transitar *de la estatua a la piedra* y profundizar en la naturaleza del ser humano contemporáneo y su coyuntura; en sus páginas cimentó una gran parábola sobre la deshumanización y la irracionalidad que, a su juicio, azotan el mundo y nublan nuestro destino.

¿Qué le quedaba entonces por abrochar en el edificio de su obra, en su recorrido por las facetas del mal y el error humano, al final de su vida?

¿Qué le quedaba entonces por abrochar en el edificio de su obra, en su recorrido por las facetas del mal y el error humano, al final de su vida? ¿Qué apremio sentía? Satisfacerlo sería, quizá, el cometido confiado a su nuevo libro, que, en un principio, dispuso denominar *Belona S. A.;* luego, en diciembre de 2009, *Productos Belona, S. A.;* y, finalmente, *Alabardas, alabardas, espingardas, espingardas.* El título definitivo lo decidiría a comienzos de febrero de 2010, adoptando el epígrafe que había resuelto anteponer al relato, extraído de la tragicomedia *Exortação da Guerra,* del dramaturgo Gil Vicente. El día 2 de febrero de 2010, poco más de un mes después de haber seleccionado la cita y de lamentarse con impaciencia de la interrupción de la novela —«Dos meses sin escribir. A este paso tal vez haya libro en 2020...» (26 de diciembre de 2009)—, anotó en su cuaderno digital, satisfecho: «Otro cambio, finalmente el bueno: *Alabardas, alabardas, espingardas, espingardas* será el título». Las circunstancias no le permitían sentarse frente al ordenador y darle continuidad a la novela, pero su cabeza persistía en aferrarse y darle vueltas a la historia. Tenía algo que decir.

La idea germinal se remonta a un viejo interrogante que inquietaba a Saramago: el motivo por el que no se conocen huelgas en la industria armamentística. A esa matriz asoció más tarde un suceso del que tuvo noticia y que le causó una fuerte impresión: durante la guerra civil española, una bomba lanzada contra las tropas del Frente Popular en Extremadura no había explotado debido a un acto de sabotaje. En su interior se encontró un papel con un breve mensaje redactado en portugués: «Esta bomba no reventará».

En un principio, el novelista atribuyó la información a André Malraux, al creer que la noticia procedía de *L'Espoir.* Pronto deshizo la confusión, sin poder fijar la fuente concreta del suceso. En las páginas de Malraux halló, no obstante, el apoyo que necesitaba para avanzar en su propósito. El día 1 de septiembre de 2009, aludía al equívoco en su archivo de notas: «La memoria me ha engañado: el episodio no está recogido en *L'Espoir.* Ni en *Por quién doblan las campanas* de Hemingway. Lo he leído en alguna parte, pero no recuerdo dónde. Tengo la suerte de que Malraux, haga en su libro una referencia (brevísima) a trabajadores de Milán fusilados por haber saboteado obuses, Para lo que busco, con eso basta».

La anécdota de Milán le ofrecía suficiente cobertura como «gancho» «para arrancar la historia». El resto lo acrecentaría la imaginación. Planeaba las trazas mayores del libro y buscaba soportes en los que sostener y materializar la idea, pues la intención parecía tenerla clara desde el principio.

> La anécdota de Milán le ofrecía suficiente cobertura como «gancho» «para arrancar la historia».

Los episodios de sabotajes de armamento vinculados a mensajes de ánimo destinados a las filas republicanas no son desconocidos en las páginas de la literatura española ni en periódicos de la época como *Milicia Popular*. El testimonio literario más mencionado lo aporta Arturo Barea en *La llama*, el tercer volumen de la trilogía *La forja de un rebelde*. Un proyectil arrojado en Madrid no estalla; tras ser desmontada la espoleta por un artillero, se encuentra en su interior una tira de papel, manuscrita en alemán, en la que podía leerse: «Camaradas: No temáis. Los obuses que yo cargo no explotan. Un trabajador alemán». Obreros españoles, alemanes, italianos y portugueses se arriesgaron saboteando armas en la guerra civil, mientras incluían mensajes de aliento solidarios recibidos en puntos muy variados de la geografía española: Madrid, Jaén, Alicante, Sagunto, Cáceres, Badajoz...

A Saramago le conmovieron los gestos fraternales acaecidos en Milán y España, en particular este último, cuyo aviso se había transcrito en su idioma de origen. Y, al mismo tiempo, le suministraban un material novelesco valioso, afín a su antigua preocupación en torno a las fábricas y el comercio de armas, la ausencia de huelgas en el sector y los conflictos éticos derivados. Los ingredientes aportaban energía y carácter narrativo, pero también espesor de contraste moral, amoldándose escrupulosamente a su objetivo último de denuncia, aunque al final no pudiera concretarlo.

No tuvo tregua sino para concluir los tres capítulos iniciales de la novela, veintidós folios. En el primero, perfiló los caracteres de los personajes más relevantes, sobre todo de los protagonistas —Artur Paz Semedo y su esposa, y contrapunto dramático, Felícia—; presentó la compañía de fabricación de armamento Producciones Belona S. A., incluido lo que parecía iba a constituir el espacio medular de la acción, «las profundidades del archivo», y adelantó el planteamiento de la trama, concretada en una investigación o búsqueda que, a partir del tercer capítulo, extendería el hilo de la intriga. La pesquisa de fondo se centraría en las relaciones que Producciones Belona S. A. había mantenido con las guerras acontecidas en la década de los treinta del pasado siglo. Saramago parecía satisfecho con el resultado: «Tras una interrupción causada por la presentación de *Caín* y sus tempestuosas consecuencias, regresé a *Belona S. A.* —hace constar en sus notas el 24 de octubre de 2009—. Corregí los tres

No tuvo tregua sino para concluir los tres capítulos iniciales de la novela, veintidós folios.

primeros capítulos (es increíble cómo lo que parecía bien lo ha dejado de ser) y aquí hago la promesa de trabajar en el nuevo libro con mayor asiduidad. Saldrá al público el próximo año si la vida no me falta».

Pero la vida se le iba quedando en el camino, cuando ya creía encauzada la historia novelesca necesaria para plantear las ideas y los comportamientos que en realidad quería discutir. Había trabajado exhaustivamente el primer capítulo, condensando con perspicacia, en siete folios, los asuntos sustantivos de su interés: *L'Espoir,* un sabotaje ocurrido durante la guerra civil española, un mensaje en portugués hallado en el interior de una bomba, un atisbo de huelga en la compañía allá por los años treinta, el negocio de las armas... «Creo que podremos llegar a tener libro. El primer capítulo, refundido, no reescrito, salió bien, apuntando ya algunas vías, para la tal historia "humana" [la relación entre Artur y Felícia]». Los caracteres de felícia y del marido

Pero la vida se le iba quedando en el camino, cuando ya creía encauzada la historia novelesca.

aparecen bastante definidos», agregó en sus notas el día 16 de septiembre de 2009.

Las cartas preliminares estaban sobre la mesa: los personajes mayores abocetados, al igual que el motivo del argumento, el tono de intriga y ciertos vínculos entre los actores... La música de la prosa había adoptado su modulación, en tanto que se traslucían ya los atributos propios del paisaje narrativo que empezaba a levantarse: una expresión depurada de barroquismo, austera, directa y serena; diálogos ágiles, arraigados en la lengua cotidiana; su conocido narrador todopoderoso, sabio, reflexivo y totalizador; una mecánica de trenzado cartesiano; la figura insinuada, al final de sus días, de otra mujer vigorosa y pertinaz, Felícia, una nueva Blimunda de la paz, espejo de coherencia moral y esperanza de humanización frente a un Artur Paz Semedo burócrata, débil, adulador y gris; atisbos de su ironía escéptica; el escenario de un gran conflicto moral; la estructura detectivesca que articula el suspense; su capacidad para enmarcar ambientes cerrados; la cadencia de una búsqueda solapada y antagónica... Un mundo reconocible, saramaguiano, que, en sus primeros trazos, evoca la atmósfera específica de *Todos los nombres* y establece lazos con el período de escritura que inició *Ensayo sobre la ceguera*.

Evoca la atmósfera específica de *Todos los nombres* y establece lazos con el período de escritura que inició *Ensayo sobre la ceguera*.

Pero todas esas y otras hebras aparecen esbozadas en sólo unos cuantos folios. Quedaban por delante las fecundas sorpresas que el proceso de creación le depara al propio autor. Quedaban las alteraciones sobrevenidas por la resolución de problemas técnicos. Quedaban los hallazgos imprevistos que reserva el camino. Faltaba, en fin, escribir la novela, la literatura aspirada para siempre por el vacío. El escritor advertía suelo firme bajo sus pies, aunque tuviera pendientes asuntos prácticos que resolver, como la naturaleza pormenorizada del edificio o el avance formal del relato. De qué modo iba a continuar nunca lo sabremos. A propósito de sus pretensiones, Saramago apenas dejó escueta constancia en su ordenador, orientaciones que, naturalmente, deberían luego someterse a la tensión consustancial al progreso de la narración. El 2 de septiembre de 2009 se detenía en hacer alguna consideración sobre las relaciones entre Felícia y Artur Paz Semedo, una circunstancia que le permitía dejar rastro en torno al conflicto futuro: «La dificultad mayor reside en construir una historia "humana" que encaje. Una idea sería hacer que felícia regrese a casa cuando se dé cuenta de que el marido comienza a dejarse llevar por la curiosidad y cierta inquietud de espíritu. Volverá a irse cuando la administración "compre" al marido poniéndolo al frente de la contabilidad de un departamento que se ocupa de las armas pesadas». Meses más tarde, el 22 de febrero de 2010, unas semanas antes de que su salud sufriera un severo revés, incorporaba la última nota que a la postre introduciría, encaminando, satisfecho pero precavido, el progreso formal del libro, una de las grandes cuestiones pendientes que le inquietaban, esto es, cómo proseguir la nove-

la: «Las ideas aparecen cuando son necesarias. Que el consejero delegado, que pasará a ser mencionado sólo como ingeniero, haya pensado escribir la historia de la empresa tal vez haga salir la narración del marasmo que la amenazaba, que es lo mejor que podría haberme sucedido. Veremos si se confirma».

Mientras por momentos la enfermedad invadía más espacio de su vida, Saramago hilvanaba la ficción en la cabeza. Desde finales de octubre de 2009 no pudo regresar a la escritura, pero persistió en cavilar la narración, en fabricarla mentalmente, sin renuncias. Admira la tenacidad con la que, al borde del gran abismo, el escritor se asió a la literatura. Sorprende la energía formidable que desprenden las historias, incluso antes de formalizarse sobre el papel y llegar al lector, en la imaginación y la voluntad del narrador. Una fuerza tan abrumadora que no hace sino confirmar la lúcida observación que sugirió el poeta Roberto Juarroz: «La realidad produjo al hombre porque algo en ella, en su fondo, misteriosamente, pide historias. O dicho de otro modo, parece haber en lo profundo de lo real un reclamo de narración, de iluminación, de visión y hasta quizá de argumento que los hombres deben proveer, haya o no haya otro sentido».

Saramago estimaba que «es la literatura lo que, inevitablemente, hace pensar». Concibió la novela como un ejercicio de acción intelectual, un método para programar escenarios verbales de pensamiento y, por consiguiente, un vehículo para reflexionar. Sus fabulaciones pensaban y hacían pensar, hasta postularse, metafóricamente, como una suerte de ensayos con personajes. La reivindicación de las ideas y los valores aparece ligada a su producción desde los comienzos, se aloja en la raíz de su actitud y motivaciones literarias: «Soy un escritor algo atípico. Sólo escribo porque tengo ideas». «Sólo escribo porque tengo ideas», repitió en distintos momentos. De modo que su obra se levanta como un monumental hito narrativo empeñado en meditar sobre el mal y el error contemporáneos, atento a las desviaciones del ser humano, concernido, en definitiva, por las múltiples variantes de inhumanidad que nos azotan. A partir de *Ensayo sobre la ceguera,* perseveró en escrutar e iluminar esas zonas de sombra que afectan y dañan la dignidad humana, penetrando en la conciencia y las formas de relación del sujeto tardomoderno.

Junto a la reivindicación del pensamiento, su compromiso intelectual recusaba la indiferencia y la apatía moral. Aún hoy resuenan su severa denuncia y su exigencia de un regreso a la ética, la exhortación a protagonizar una insurrección de la virtud en un contexto de decadencia, un principio que aplicó con denuedo a sus textos. «Me he dado cuenta, en estos últimos años, de que estoy buscando una formulación de la ética: quiero expresar, a través de mis libros, un sentimiento ético de la existencia,

Aún hoy resuenan su severa denuncia y su exigencia de un regreso a la ética.

y quiero expresarlo literariamente», reconocería en 1996. Ese rearme moral, confrontado a la resignación del espíritu, debía contribuir a desarrollar la condición humana y, a su juicio, había de hallar anclaje en la conducta cotidiana, en la vida diaria: «Cuando hablamos del bien o del mal... hay una serie de pequeños satélites de esos grandes planetas, que son la pequeña bondad, la pequeña maldad, la pequeña envidia, la pequeña dedicación... En el fondo, de eso está hecha la vida de las personas, es decir, de flaquezas, de debilidades...». De una u otra forma, alertaba sobre la necesidad de que nuestro tiempo adoptase un «sentido ético de la existencia», una movilización que pasaba por acentuar la coherencia propia e interiorizar las relaciones de respeto. Se apoyaba en un axioma tan básico como universal: no hagas al otro lo que no quieras para ti.

¿Qué puerta le urgía entonces cerrar? ¿Qué apremio sentía? *Alabardas, alabardas, espingardas, espingardas,* el último aliento narrativo de José Saramago, pretendía inscribirse en ese espacio delimitado por pensamiento y ética: una novela de ideas con un fuerte componente de reivindicación y provocación, un revulsivo de filosofía moral para la conciencia de sus lectores, tomando como argumento el inhóspito y lacerante mundo de la producción y el uso de las armas. Su intención, declarada por entonces en su círculo de confianza, aunque nunca sabremos ya cómo se hubiera concretado, consistía en diseccionar la paradoja moral del empleado ejemplar de una fábrica de armas, Artur Paz Semedo, capaz de abstraerse en su rutina de las consecuencias derivadas de su disciplinada eficiencia profesional. Saramago se mostraba interesado en examinar la habitual disociación entre conducta y efectos desencadenados. Y abordaría esta brecha a escala individual, a través de la figura de un hombre corriente, burócrata, respetable, eficiente, servicial, obediente y apocado: el aparente buen ciudadano. Por su parte, el papel de antagonista, que reúne incomodidad y verdad, se le reservaba a una mujer, Felícia, cuyo perfil comenzó a dibujarse con el brío y el empuje característico de las protagonistas femeninas reconocibles en su obra, portadoras de una llama de esperanza y grandeza. Estas y otras consideraciones tuve ocasión de escucharlas, en presencia de su esposa Pilar del Río y de amigos próximos, en más de una conversación durante sus últimos meses de vida en Lanzarote, cuando José Saramago compartía algunas de sus inquietudes en torno a la novela que resguardaba la promesa de su tenue vida.

Saramago se mostraba interesado en examinar la habitual disociación entre conducta y efectos desencadenados.

En última instancia, no se trataba sino de construir su visión sobre la banalidad del mal, el controvertido asunto que Hannah Arendt pusiera encima del tapete intelectual. Saramago proyectaba una exploración minuciosa de la responsabilidad ética del sujeto, hacia sí mismo y con la sociedad, derivada de sus actuaciones; en definitiva, fraguaba una inmersión, cuerpo a cuerpo, en la enajenación cotidiana de la conciencia propia, sacudiendo paradojas y excusas, indolencias e incongruencias agazapadas. Ésa era, quizá, la última puerta que le urgía cerrar o abrir, según se desee ver: la de la responsabilidad moral del individuo, interpelando a cada uno de sus lectores, hurgando en su conciencia, para incomodar, intranquilizar y depositar en el ámbito personal el desafío de la regeneración: la eventualidad, si bien escéptica, de encarrilar la alternativa de un mundo más humano.

Saramago juzgaba que ni la impasibilidad ni el amparo de la obediencia liberaban de culpa. Su literatura es un ejemplo activo de recelo contra la buena conciencia, asentada en la convicción de que la renuncia al pensamiento y a la exigencia ética, sobre todo —en *Cuadernos de Lanzarote* dejó sintetizada su certidumbre de que «si la ética no gobierna a la razón, la razón despreciará a la ética»—, ofrece el riesgo de un camino abocado a la eventualidad del mal, sin necesidad de seres extraordinariamente perversos para triunfar. Por desgracia,

Ésa era, quizá, la última puerta que le urgía cerrar o abrir, según se desee ver: la de la responsabilidad moral del individuo.

el mal también es una costumbre superficial, fútil, además de una amenaza permanente para el orden social. Una estructura comunitaria que, si persigue alcanzar éxito, al menos relativo, requiere de seres responsables, coherentes, concernidos por la búsqueda del bien, dueños de una voluntad crítica, dispuestos, en fin, a reconocer y reconocerse en el nuevo derecho humano de objeción y desobediencia que propuso Einstein: «Existe, además, otro derecho humano que pocas veces se menciona, aunque está destinado a ser muy importante: es el derecho, o el deber, que posee el ciudadano de no cooperar en actividades que considere erróneas o dañinas».

Cómo iban a materializarse estas y otras preocupaciones de fondo en la novela inacabada, se pierde en el oscuro torbellino de la desaparición. Es lo que tiene la muerte, que antes estabas y ahora ya no estás —así lo subrayaba el autor—. Y, si no estás, se desvanece la posibilidad de la palabra sobrevenida: por el contrario, se instala la hosca suspensión del silencio irreversible. Entre las sucintas notas que José Saramago reunió mientras pergeñaba *Alabardas, alabardas, espingardas, espingardas,* sí se ocupó, sin embargo, de aclarar el final del texto. Anticipándose a la irrupción de su presagiada ausencia, trazó el marco de un paréntesis narrativo, provisto de comienzo y de final, como si se pusiera en manos del lector la invitación a dotar de contenido el itinerario de la aventura moral que había que fabricar y que a él, al lector como persona, interrogaba particularmente. El 16 de septiembre de 2009, adelantó, e incluso comentó, las palabras con las que había decidido concluir la novela aún no escrita, para que, ante cualquier contingencia, no quedara duda de su punto de vista ni de su propósito con respecto a la indiferencia y la insolvencia ética: «El libro terminará con un sonoro "Vete a la mierda", proferido por ella. Un remate ejemplar». Un Saramago en estado puro hasta la última de sus letras, incluidas las que no pudieron ser escritas en el lugar al que la voluntad las había destinado, pero que, con todo, aún hoy resuenan desde la libertad de su poderosa conciencia incómoda, irreemplazable.

«Yo también conocía
a Artur Paz Semedo»
Roberto Saviano

«Yo también conocía a Artur Paz Semedo»

Roberto Saviano

«De todas las cosas que José Saramago era capaz de hacer, morirse ha sido la más inesperada. Si conocías a José, simplemente no se te pasaba por la cabeza. Claro que los escritores también mueren, desde luego. Pero él no te daba la menor posibilidad de pensar en un cuerpo cansado de la vida, de respirar, de comer, de amar. Se había ido consumiendo en los últimos años, entre la carne y los huesos parecía haber cada vez menos espesor, su piel era una fina capa que le cubría el cráneo. Pero él decía: "Si estuviera en mis manos, yo no me iría nunca".»

Escribí estas palabras cuando me enteré de que José se nos había ido. Poco después, sin embargo, pude darme cuenta de que no había otorgado la confianza merecida a su obstinada voluntad de regresar.

Y aquí está otra vez con nosotros. De carne y hueso son sus palabras inéditas en este nuevo libro. Las palabras conservadas en las páginas de *Historia del cerco de Lisboa:* «Era luna llena, de aquellas que transforman el mundo en fantasma, cuando todas las cosas, las vivas y las inanimadas, murmuran misteriosas revelaciones, pero va diciendo cada cual la suya, y todas desencontradas, por eso no logramos entenderlas y sufrimos la angustia de casi saber y quedarnos no sabiendo».

Estas nuevas páginas de Saramago son un criptograma del murmullo continuo de las misteriosas revelaciones que recibimos. Como un manual de traducción de sonidos, percepciones e indignaciones. La historia de Artur Paz Semedo supone una revelación para el lector más distraído, para la lectora más

Estas nuevas páginas de Saramago son un criptograma del murmullo continuo de las misteriosas revelaciones que recibimos.

atenta, para el erudito más riguroso, para el filólogo más cínico. Es una orquesta de revelaciones. En Artur las revelaciones que he visto son las de todos los hombres y mujeres que se han defendido de la idiotez al darse cuenta de haber comprendido los dos caminos que existen: quedarse aquí, soportando la vida, charlando con ironía, tratando de acumular algo de dinero y algo de familia y poco más, o bien otra cosa. ¿Otra cosa? Sí, otra cosa precisamente. Otro camino. Estar dentro de las cosas. Dentro de Artur Paz Semedo está el meollo dorado ya expresado en *Ensayo sobre la ceguera:* «Siempre llega un momento en que no hay más remedio que arriesgarse».

«Siempre llega un momento en que no hay más remedio que arriesgarse.»

Yo también conocía a Artur Paz Semedo. No trabajaba en el departamento de facturación de armas ligeras y municiones de la empresa Belona S. A. y no tenía una exmujer pacifista. No vivía en Italia. Probablemente nunca haya empuñado un arma, ni mucho menos se le haya pasado nunca por la cabeza la idea de disparar un solo tiro. Pero yo también conocía a Artur Paz Semedo y su nombre era Martin Woods. Su arma era la precisión. Una obstinada precisión.

Si te contratan en calidad de agente especializado en antirreciclaje en el mastodóntico Wachovia Bank, un poco loco sí que has de estar. Porque incrustarse en las hendiduras de los balances financieros, lanzarse de cabeza a la masa informe de las cuentas corrientes, espulgar sin sosiego las fichas de los clientes del banco no es una profesión al alcance de todos. ¿Quién no acepta de buen grado una cierta dosis de caos diario? El caos que te recuerda el lugar que ocupas en esta tierra y que te vuelve más humano.

En el curso de una entera existencia podemos vernos llevando una vida llana y recta como una autopista sin salidas. O bien puede tocarnos acabar ante una bifurcación. ¿Por suerte? ¿Por desgracia? Tal vez por ambas cosas, tal vez por ninguna de ellas. El

El caos que te recuerda el lugar que ocupas en esta tierra y que te vuelve más humano.

caso es que cuando te hallas frente a una elección forzosa no puedes volverte atrás ni pretender que no pasa nada. Puedes tomarte tu tiempo y observar la encrucijada desde lejos, estudiarla, admirarla, dejándote fascinar y aterrorizar, puedes guiñarle un ojo en un vano intento de seducirla para que se aparte y te deje pasar. O puedes zapatear, blasfemar, descarnarte las manos, con la esperanza de que retroceda impresionada por tu furia. Pero seguirá allí. ¿Tomarás a la derecha o a la izquierda? La pregunta es retórica si te llamas Artur, o Martin. Desde el principio, cuando te das cuenta con el rabillo del ojo de que hay algo que no marcha, y que ese algo chirría, corneando el castillo de seguridades que siempre te ha servido de consuelo, desde ese mismo momento has tomado tu decisión. La encrucijada la ha tomado por ti. Lo quieras o no. Si hubieras apartado la mirada tan sólo un segundo antes, no habrías acabado petrificado por la Medusa.

Martin comienza a leer miles de páginas. Miles de páginas hechas de números.

Ahí está, una vez más, la encrucijada. Al principio es insignificante, trivial incluso, como un cheque de viaje cualquiera. Cuando piensas en esos pedazos de papel, piensas en turistas responsables que no quieren ver cómo se les estropean las vacaciones sólo porque en un momento de descuido han dejado que les roben la cartera. Por mal que vayan las cosas, piensan esos turistas, mi dinero está a salvo. Piensas en un alegre padre de familia que se ha pasado un año trabajando como una mula y ahora quiere desconectar y disfrutar de un merecido descanso con sus seres queridos. En México acaso, donde coloridos folletos prometen sol, playa y la afable cortesía de los lugareños. Pero ¿cuánto dinero le hace falta a un turista?

¿Cuánto cuestan los suvenires? Ésas son las preguntas que se plantea Martin cuando hace la suma de los cheques de viaje de algunos clientes del banco. Una cifra monstruosa. ¿Cuántos margaritas puedes pagar con ese dinero? ¿Cuántos sombreros para regalar a tus parientes? Los números de serie son secuenciales. ¿Cuántas probabilidades hay de que se trate de una coincidencia? Prácticamente ninguna. ¿Y cómo es que todas esas pes y esas bes en las firmas de los cheques de viaje son tan abombadas? No te hace falta ningún perito grafólogo para que el cosquilleo de una sospecha se abra paso. Ahí está la encrucijada. Has empezado a recorrer el camino. Y entonces todo se acelera. Así es como funciona, se trata de

Un hombre que se desgañita para llamar la atención acaba por perder la voz al final si nadie se detiene a escucharlo.

una regla despiadada e ineludible, más precisa que cualquier ley física. Martin bombardea a sus superiores, quiere arrojar luz sobre las anomalías que ha encontrado. Tiene que haber algo detrás de ese dinero que pasa a través de las agencias de cambio mexicanas. Y en efecto hay algo. Hay millones de dólares que el cártel de Sinaloa, el más rico y poderoso de los cárteles mexicanos de la droga, hace transitar por las «casas de cambio» para enjuagarlo bien antes de que aterrice resplandeciente en las cuentas del Wachovia Bank.

La respetabilidad y la obstinación son dos cualidades que se refuerzan mutuamente. La primera cojea si no está respaldada por un plan de acción; la segunda es ciega si no posee la fuerza del consenso. Martin posee las dos, pero quien está por encima de él hace de todo para acallarle, para transformar su obstinación en testarudez, la testarudez en embotamiento, el embotamiento en locura. Es el más típico de los procesos: un hombre que se desgañita para llamar la atención acaba por perder la voz al final si nadie se detiene a escucharlo. Martin ha metido las narices donde no debía y está a punto de destapar un caldero en el que hierven intereses planetarios. Su historia acabará bien. A pesar del silencio, la marginación, el agotamiento nervioso, al final llegarán la rehabilitación y las disculpas oficiales. La encrucijada le ha llevado al interior de un territorio oscuro, un frondoso bosque que no deja pasar la luz, hasta que aparece el primer resplandor entre las hojas. Desafortunadamente, no sabremos nunca lo que se oculta trás la encrucijada de Artur Paz Semedo.

Yo también conocía a Artur Paz Semedo. No trabajaba en el departamento de facturación de armas ligeras y municiones de la empresa Belona S. A. y no tenía una exmujer pacifista. No vivía en Italia. Probablemente nunca haya empuñado un arma, ni mucho menos se le haya pasado nunca por la cabeza la idea de disparar un solo tiro. Pero yo también conocía a Artur Paz Semedo y su nombre era Tim Lopes. Su arma era la pasión. Una ardiente pasión.

Tim Lopes nació en una favela de Río de Janeiro. Con una idea, un talento y un problema. Su idea era que escribir acerca de los problemas que afligen Brasil y darlos a conocer al mundo podía ser el primer paso para levantar el país. Su talento era la capacidad que tenía de desencovar las mejores historias de las esquinas de las calles y sacarlas a la luz. El problema era su nombre. «¿Te imaginas la cara del lector cuando vea al pie del artículo Arcanjo Antonino Lopes do Nascimento? Como mínimo se echa a reír y pasa al horóscopo», le dijo un día su primer editor. De su apellido sólo conservó Lopes, para el nombre le bastó su parecido con el cantante Tim Maia. En los años noventa empieza a acumular premios por sus reportajes. Tim se disfraza, asume identidades falsas, introduce microcámaras ocultas en los callejones más peligrosos de Río. Habla con todo el mundo, sin perder nunca la sonrisa y la pasión febril por las cosas buenas de la vida, como correr por el paseo marítimo o bailar la samba. Por un lado están el sol, las playas, el ruido de las olas. Por otro, toda la negrura de su obra. Esa negrura, aunque hagas como si nada, aunque cuentes con un combustible de indefensa moralidad que te empuja siempre hacia delante, con el tiempo va corroyéndote. Los primeros síntomas los percibe Tim esa vez en que se disfraza de vendedor ambulante de agua y oculta una pequeña cámara en la nevera portátil. Quiere filmar a las pandillas callejeras que acosan a los transeúntes. Todo sucede en un instante. Un chiquillo se acerca a una pareja, saca un cuchillo, un taxista se percata del atraco, saca una pistola y comienza a disparar para asustarlo y hacer que huya, el niño intenta perderse en el tráfico, pero no puede esquivar un autobús que lo embiste de lleno.

Tim lo ha filmado todo, medio alelado, y esa pregunta que todos los periodistas se plantean en determinado momento y que en el pasado apenas le había rozado se convierte en un tormento: ¿de verdad merece la pena? Todos estos riesgos, ¿para qué? ¿Es que acaso los habitantes de las favelas viven mejor, después de todos mis reportajes?

Tim siente la necesidad de marcharse, de retirarse a un lugar remoto para pensar. Aunque sea por una vez, no hacer caso a los problemas que ni siquiera el Estado es capaz de resolver. Pero recibe un grito de auxilio. Los habitantes de la favela Vila Cruzeiro, sometidos al yugo del Comando Vermelho, no saben ya en quién confiar. ¿Quiénes son los buenos? ¿Quiénes son los malos? No cabe duda de que los del Comando no son los buenos, y lo mismo puede decirse de la policía, tan a menudo inactiva, corrupta o cómplice de los grupos criminales. Les queda Tim. Él es buena gente. De él pueden fiarse, por más que, como suelen decir los de las favelas, pertenezca al «asfalto», es decir, viva donde las calles están, efectivamente, bien asfaltadas, no como allí, en Vila Cruzeiro, donde todo el firme está en mal estado y hay que zigzaguear entre pedruscos. El comportamiento de los traficantes de Vila Cruzeiro se ha vuelto intolerable. No ya por el trapicheo de drogas a la luz del día, que es ya una triste costumbre, sino porque ahora los del Comando han puesto sus ojos en las niñas menores de edad de la favela. Cualquiera que se niegue a mantener relaciones sexuales con ellos durante las fiestas *funk* lo paga caro. Tim se dispone a documentar las bárbaras costumbres del Comando para airearlas ante la opinión pública. Escoge un recurso ya experimentado: localiza una salida de humos, se asegura de no llevar encima objetos como el móvil o documentos que lo identifiquen en caso de que alguien sospeche (es ya un rostro familiar en Río y debe protegerse también de la fama) y se equipa con su habitual microcámara oculta en el cinturón. Pero esa noche serán precisamente las precauciones y su currículum los que traicionen a Tim.

André da Cruz Barbosa, más conocido como André *Capeta* («Diablo»), y Maurí-

¿Quiénes son los buenos? ¿Quiénes son los malos?

cio de Lima Bastos, *o Boizinho* («el Pequeño Buey»), dos miembros del Comando, se acercan a ese extraño individuo apoyado en la barra del bar.

—¿Qué mierda es esa luz?

—Soy periodista, puedo explicarlo.

Pero, sin documentos, ¿cómo pueden creerle? Y aunque le creyeran, Tim no dejaría de ser un maldito soplón. Lo mejor es llevarlo a ver al jefe, Elias Pereira da Silva, más conocido como *Maluco* («el Loco»). El Loco se encuentra en Grota, la misma favela en la que Tim ha puesto el foco de atención en uno de sus más famosos reportajes, que además de obtener los premios habituales había contribuido a la detención de varios narcotraficantes. El Loco habrá pensado en un regalo del cielo cuando vio aparecer a sus dos secuaces arrastrando al entrometido periodista.

Lo que sigue es una lista de humillaciones y torturas después de una farsa de juicio improvisado en una colina abandonada del Complexo do Alemão. La «corte criminal» de los narcos se reúne para deliberar sobre una decisión ya tomada: Tim debe morir. Para los del Comando es un delator, y hay un ritual preciso que ha de seguirse con los delatores. Los preliminares pueden ser de lo más variado —en el caso de Tim se emplearon cigarrillos para quemarle los ojos y una espada ninja para mutilarlo—, pero el final es siempre el mismo: el «horno microondas». Se trata de un cilindro compuesto de neumáticos apilados en cuyo centro se coloca a la víctima. Luego se rocía con gasolina y se le prende fuego. Una pira de los narcos. Desafortunadamente, no sabremos nunca lo que se esconde en las estanterías repletas de cajas de cartón que Artur Paz Semedo observa preocupado. ¿La verdad o el castigo por haber sido demasiado osado?

Yo también conocía a Artur Paz Semedo. No trabajaba en el departamento de facturación de armas ligeras y municiones de la empresa Belona S. A. y no tenía una exmujer pacifista.

Yo también conocía a Artur Paz Semedo. No trabajaba en el departamento de facturación de armas ligeras y municiones de la empresa Belona S. A. y no tenía una exmujer pacifista. No vivía en Italia. Probablemente nunca haya empuñado un arma, ni mucho menos se le haya pasado nunca por la cabeza la idea de disparar un solo tiro. Pero yo también conocía a Artur Paz Semedo y su nombre era Rodolfo Rincón Taracena, su nombre era Valentín Valdés Espinosa, su nombre era Luis Horacio Nájera, su nombre era Alfredo Corchado. Su nombre era el título de un semanario de Tijuana: *Zeta*. ¿Sus armas? El sentido del deber.

No es más que sentido del deber cuando amas con un amor ardiente tu trabajo y ante un ultimátum escoges de acuerdo a tu conciencia. Por un lado, la vida protegida por un silencio impuesto; por otro, la muerte precedida por el último grito de la verdad.

Rodolfo Rincón Taracena era un veterano del periodismo de investigación, acostumbrado a las amenazas hasta el extremo de no concederles demasiada importancia. Ciertamente no era un idiota, ni un inconsciente, como lo hubiera sido de haberse limitado a encogerse de hombros frente al continuo incremento de la barbarie de los narcos. No estás loco si te mantienes aferrado a las palabras y sigues caminando. Y eso hacía Rodolfo, caminar, cuando fue abatido a tiros a la salida de la redacción de su periódico, el *Tabasco Hoy.* Sus palabras habían sido demasiado precisas, demasiado directas, y señalaban con el dedo, daban nombres, gritaban apellidos.

Valentín Valdés Espinosa era joven, apenas tenía veintinueve años, pero en cuanto al sentido del deber era una autoridad. Había usado sus armas, las palabras, para lanzarlas contra un jefe de los Zetas y cinco miembros del cártel del Golfo. Su cuerpo martirizado sirvió de advertencia para los demás.

Alfredo Corchado, corresponsal en México del *Dallas Morning News,* se vio hace años ante la encrucijada. Tomó su decisión, y ahora sobrevive gracias a la única arma que ha demostrado su eficacia: la desconfianza. Ante todo y ante todos.

La desconfianza es una escafandra a prueba de balas, que quien decide tomar a la derecha o a la izquierda se ve obligado a usar. Es incómoda, engorrosa, lo suficientemente pe-

La desconfianza es una escafandra a prueba de balas, que quien decide tomar a la derecha o a la izquierda se ve obligado a usar.

sada como para romperte la espalda e impedirte el movimiento. Pero ayuda, hasta que te das cuenta de que, por una diminuta grieta desconocida hasta ese momento, se te ha colado un virus. Para Luis Horacio Nájera el virus fue una lista negra de periodistas en la que aparecía también su nombre: junto con su mujer y sus hijos huyó a Vancouver, donde comenzó una nueva vida. El 11 de abril de 2010, el semanario *Zeta*, de Tijuana, cumplió treinta años. Muchas felicidades, muchachos, seguid así.

Yo también conocía a Artur Paz Semedo. No trabajaba en el departamento de facturación de armas ligeras y municiones de la empresa Belona S. A. y no tenía una exmujer pacifista. No vivía en Italia. Probablemente nunca haya empuñado un arma, ni mucho menos se le haya pasado nunca por la cabeza la idea de disparar un solo tiro. Pero yo también conocía a Artur Paz Semedo y su nombre era Bladimir Antuna

García. Su arma era una palabra. Una palabra que no se acomodaba jamás. Una vida cómoda, cimentada en la seguridad, nunca fue el objetivo de Bladimir Antuna García, tal vez ni siquiera fuera nunca su anhelo. Ésta es también una historia llena de agujeros, de preguntas sin respuesta, de promesas tan sólo insinuadas. A diferencia de Artur Paz Semedo, sin embargo, el final de Bladimir sí que ha sido escrito y si no me doliera tanto contarlo de nuevo, lo haría. Cuando conocí a Bladimir descubrí que una obsesión, sea por lo que sea, siempre conduce a la más completa derrota. No hay buenos principios que se sostengan, no hay buenas obras que rediman; los principios y las buenas acciones no detienen las balas, y mucho menos protegen de las palabras que Bladimir nunca usaba, es decir, palabras acomodadas, domesticadas, envueltas en una gruesa pátina de respetabilidad de un metro de espesor. Bladimir también tenía a su vez una corteza bastante dura, templada por años de cocaína y de alcohol, de caerse y volver a

levantarse, de sonoros batacazos y de pequeñas revanchas.

Acaso una vida tan al límite ayude realmente a dotarse de una armadura sin igual,
porque cuando dejas de preocuparte por ti
mismo, tu futuro te parece una campaña de
marketing para novias que buscan marido
o sacerdotes que buscan dinero, de manera
que nada te asusta, ni siquiera un escua-
drón de Zetas ansiosos de venganza por el
enésimo artículo aparecido en un periódico
de mierda de Durango que estaba a punto de
cerrar pero que al final resucita una vez más
gracias a un periodista insensato, de mal
aliento y andar encorvado. Y así era en efecto Bladimir, cuando lo conocí, un hombre
perdido en sus pesadillas y obsesionado por
las historias. El alcohol y las drogas pueden
matarte, pero la obsesión por las historias
te mata dos veces. La primera vez ni siquiera
te das cuenta, porque respiras, bebes, duer-
mes, meas. Estás vivo, pero consumido por
dentro. Puedes escribir cientos de artículos de
sucesos al mes, tal como lo hacía Bladimir,

El alcohol y las drogas pueden matarte, pero la obsesión por las historias te mata dos veces.

y desfondar a base de kilómetros el coche que te pasea de una fuente de noticias a otra, de las comisarías a las escarpadas montañas, pero ese hueco no lo vas a llenar nunca. Si le preguntaras a Bladimir cuándo tomó por aquella encrucijada, probablemente se encogería de hombros y sonreiría sólo con la mirada, como si tu pregunta fuera el reflejo de un desaire. Para algunos las cosas funcionan así. La decisión se impone desde el principio, no tienen que esperar a llegar ante un cruce. Son los más afortunados, son esos que frente a las amenazas cotidianas pueden decir, como lo hacía Bladimir: «No son más que palabras». Y cuantas más palabras recibía en pleno pecho, más palabras arrojaba contra sus enemigos.

Nunca sabremos qué palabras hubiera hallado Artur Paz Semedo. Tal vez palabras protegidas por el frío de los números y por la manta que todo lo repele de la burocracia. Acaso palabras arriesgadas. ¿Habría sido capaz de hacerles frente, Artur? Bladimir siempre procuraba reducir los riesgos al mínimo, sin reducir, en cambio, la potencia de fuego de sus artículos. Le resultaba imposible: ciertos vicios son imposibles de abandonar.

Yo también conocía a Artur Paz Semedo. No trabajaba en el departamento de facturación de armas ligeras y municiones de la empresa Belona S. A. y no tenía una exmujer pacifista. No vivía en Italia. Probablemente nunca haya empuñado un arma, ni mucho menos se le haya pasado nunca por la cabeza la idea de disparar un solo tiro. Pero yo también conocía a Artur Paz Semedo y su nombre era Friedhelm. Su arma era la respetabilidad. Pero Friedhelm también tenía una necesidad imperiosa, treinta mil marcos. No era un hombre en busca de la verdad, no quería desenmascarar conspiraciones o enmendar los desajustes del mundo. Era un hombre como tantos otros, como todos los demás, era un empresario con problemas de liquidez. El respeto por una vida de trabajo no funciona como un cajero automático, en el que introduces el código y he ahí el crujido de los billetes. Para una economía desinflada, donde el oxígeno del dinero inmediato está cada vez más enrarecido, recurrir al lado opaco del crédito ya no es un tabú. Ésa es la razón por la que Friedhelm se encontró ante una encrucijada. Ante tres caminos. Ante tres decisiones.

Estamos en Alemania, a las puertas del nuevo milenio. La empresa de construcción de Friedhelm está al borde de la quiebra. Pero él tiene un amigo de toda la vida que podría prestarle esos treinta mil marcos.

—Tengo treinta mil buenas razones para pedirte ese dinero, Manuel —dice entre lágrimas Friedhelm.

—Me basta con nuestra amistad —contesta Manuel.

—No puedo devolverte el dinero. Pero si me das un poco de tiempo... Ya sabes, quizá se esté moviendo algo, con esa licitación del Ayuntamiento sería suficiente...

Manuel no le deja terminar, porque no está escrito en ninguna parte que una deu-

El respeto por una vida de trabajo no funciona como un cajero automático, en el que introduces el código y he ahí el crujido de los billetes.

da no pueda pagarse de otra forma. El plan es simple: hay un enorme cargamento de cocaína destinado a Berlín y Friedhelm podría hacerse cargo de la logística.

—¿O es que no trabajabas como transportista de joven?

La ruta ya ha sido establecida: Curaçao-Portugal-Alemania.

—¿Tú no has vivido en Portugal?

Friedhelm no puede echarse atrás. En el fondo, se trata de organizar un simple envío, gestionar el personal, hacer el seguimiento de las etapas. Nada que no haya hecho ya. Como si no bastara, ha recibido la visita de un fulano que se hace llamar el Holandés Rojo. Friedhelm no se inmutó cuando el Holandés Rojo le enseñó una foto de su hija de catorce años ni se detuvo a pensar si a aquel hombre lo había enviado su «amigo» Manuel. No le queda tiempo para cosas así. Tiene que tomar su primera decisión.

Mil kilos de polvo blanco a través del océano, después por vía terrestre atravesando Europa desde las costas ventosas de Portugal hasta las gélidas calles de Berlín. Para transportar una tonelada de cocaína repartida en paquetes hace falta un barco de gran capacidad y libre de sospecha, de modo que el grupo de Manuel se hace con la nave de pesca *Reine Vaering*, capitaneada por su patrón, Paul. La embarcación está esperando la carga, pero surge un problema: Paul se niega a embarcar toda esa mercancía, es demasiado pesada y el *Reine Vaering* corre el riesgo de hundirse en alta mar a miles de kilómetros de la nada en cualquier dirección. Un tercio de la carga se queda en tierra. Los restantes seiscientos sesenta kilos se apiñan a bordo y se cubren con una gruesa capa de cemento. Tres meses más tarde, en el puerto de Aveiro, en Portugal, está Friedhelm. Lo ha organizado todo. Ha llevado hasta allí una Iveco Turbo Daily directamente desde Alemania, repleta de cajas de mudanza. Además, ha comprado hornillos de camping, colchonetas hinchables, sillas plegables y todo lo necesario para unas vacaciones al aire libre. El conductor que deberá llevar la furgoneta hasta Berlín no sabe que un cómplice de Friedhelm se ha encargado personalmente de meter en las cajas los paquetes de coca. Un plan perfecto, de no ser porque el lote se ha reducido a trescientos kilos. El encargado de picar la losa de hormigón del barco y sacar a la luz los paquetes se ha asustado: demasiados ojos y demasiados oídos al acecho. Más vale conformarse con trescientos kilos: en el fondo, podrían colocarla al por mayor por dieciséis millones de marcos; al por menor, una vez cortada, sacarían de ella incluso cincuenta. ¿Se conformará Manuel?, se pregunta Friedhelm. ¿Se conformará su esbirro, que tal vez esté vigilando a su hija en ese mismo momento, mientras ésta entra por la puerta principal de su colegio? No le queda tiempo para buscar una respuesta, la Iveco debe dirigirse a la autopista, el conductor podría recelar. En Berlín ya encontrará una solución y tomará la segunda decisión.

Hace casi una semana que Friedhelm se despierta, va al baño, se lava la cara, comprueba la progresión de las canas en su cabe-

llo y lanza luego una mirada por el ventanu-
co de encima del radiador. La camioneta aún
sigue allí. La carga aún sigue allí. ¿Y si se
la robaran? Menuda cara pondría el ladrón
cuando descubriera entre las cosas de acam-
par un paquete de cocaína. Tendría gracia
de no estar en juego la vida de su hija y la
suerte de una empresa por la que ha suda-
do sangre. Todo va a salir bien en su oficina
del distrito de Neukölln. Está al borde de
la quiebra, es cierto, pero Friedhelm con-
serva aún una reputación intacta y la respetabilidad que se ha ganado con tanto trabajo
ha de servir para defenderle a él y al tesoro
que esconde en el archivo de los antiguos
proyectos. Y, en efecto, nadie mete las narices donde no le llaman y los días pasan. Nadie se pone en contacto con Friedhelm y él
va a trabajar con ostentosa puntualidad, todo debe parecer normal, de una anónima
trivialidad. Si alguien le pregunta cómo van
las cosas, Friedhelm, luciendo una sonrisa,
responde que todo va bien, que la vida sigue igual. A fuerza de repetir esas frases va

convenciéndose de que tal vez sea verdad, de que la vida transcurre idéntica a sí misma, sin perturbaciones. Pero entonces, cuando entra en la oficina y abre el fichero, sus ilusiones se hacen añicos. Trata de concentrarse en su trabajo, pero la columna del pasivo no deja de agrandarse y los trescientos kilos de cocaína siguen ahí.

Es una tarde particularmente húmeda cuando a Friedhelm se le ocurre una idea y toma la tercera decisión. Un kilo más o un kilo menos, ¿quién va a darse cuenta? Friedhelm tiene un amigo, Helmut, que sabe cómo colocar la droga. La entrega y la venta del primer kilo van como la seda. Son cincuenta y cinco mil marcos de oxígeno puro para el empresario de la construcción.

Un kilo más o un kilo menos, ¿quién va a darse cuenta? Y Friedhelm sustrae otro de la montaña que custodia en su oficina. Pero esta vez las cosas se tuercen. El teléfono de Helmut está intervenido y la policía los pilla a él y a Friedhelm. Al ya exempresario le caen más de trece años, y gracias a su testimonio se derrumba el castillo que había ayudado a levantar y que había permitido la importación de tres quintales de cocaína. ¿Habría llegado tan lejos Artur? ¿Habría puesto en peligro su reputación, la honestidad ganada sobre el terreno, el prestigio de una vida guiada por el recto camino?

Yo también conocía a Artur Paz Semedo. No trabajaba en el departamento de facturación de armas ligeras y municiones de la empresa Belona S. A. y no tenía una exmujer pacifista. No vivía en Italia. Probablemente nunca haya empuñado un arma, ni mucho menos se le haya pasado nunca por la cabeza la idea de disparar un solo tiro. Pero yo también conocía a Artur Paz Semedo y su nombre era Christian Poveda.

¿Que cuál era su arma?

Ya no lo sé, me he hartado de hablar de armas. Hace algún tiempo tuve en mis manos un Kaláshnikov, e hice que lo sostuvieran aquellos que quisieron acompañarme a uno de los pocos lugares que siguen siendo libres: el teatro. Tocar un arma es una experiencia que todo el mundo debería vivir. Todos deberían recorrer sus estrías con los dedos, sopesar el cargador, vacío primero y después relleno de proyectiles. De lo contrario, sólo te queda la fascinación o la repugnancia. Lo que hace falta es el conocimiento. ¿Cuánto pesa la muerte? Todo el mundo debería juguetear con un casquillo, girándolo entre los dedos como hace el mago con una moneda. ¿A qué velocidad va la muerte? Todo el mundo debería disparar un tiro contra un blanco, sea una lata o una diana colgada de un montón de paja, poco importa. ¿Qué se siente cuando el tiro da en el blanco?

Para contar la historia de Christian he utilizado a menudo la palabra *triste*. Triste para él, por morir así, tan joven y traicionado como un héroe de Homero, triste ante la idea de que tal vez sus palabras, a fin de cuentas, no hayan servido de nada. Estoy cansado del engaño de las palabras. De ha-

> Todo el mundo debería juguetear con un casquillo, girándolo entre los dedos como hace el mago con una moneda. ¿A qué velocidad va la muerte?

blar de armas, y de usar esa palabra: *triste*.
Christian Poveda se vio en una encrucijada
y murió realizando su trabajo. Feliz.
«Los que escriben con claridad tienen
lectores; los que escriben oscuramente tienen comentaristas.» Camus tenía razón. Saramago sabía responder: «Eso es lo que re-
sulta tan simpático en las palabras sencillas,
que no saben engañar». Encontrar palabras
sencillas es la tarea más complicada para un
escritor. Palabras sencillas, incapaces de engaño. Palabras que acaso puedan llegar a ser
felices.

Yo también conocía a José Saramago.

Este libro, compuesto en caracteres AGaramond,
en el mes de noviembre de 2014.

Alabardas, de José Saramago
se terminó de imprimir en noviembre de 2014
en los talleres de Litográfica Ingramex, S.A. de C.V.
Centeno 162-1, Col. Granjas Esmeralda,
C.P. 09810, México, D.F.